KB262757

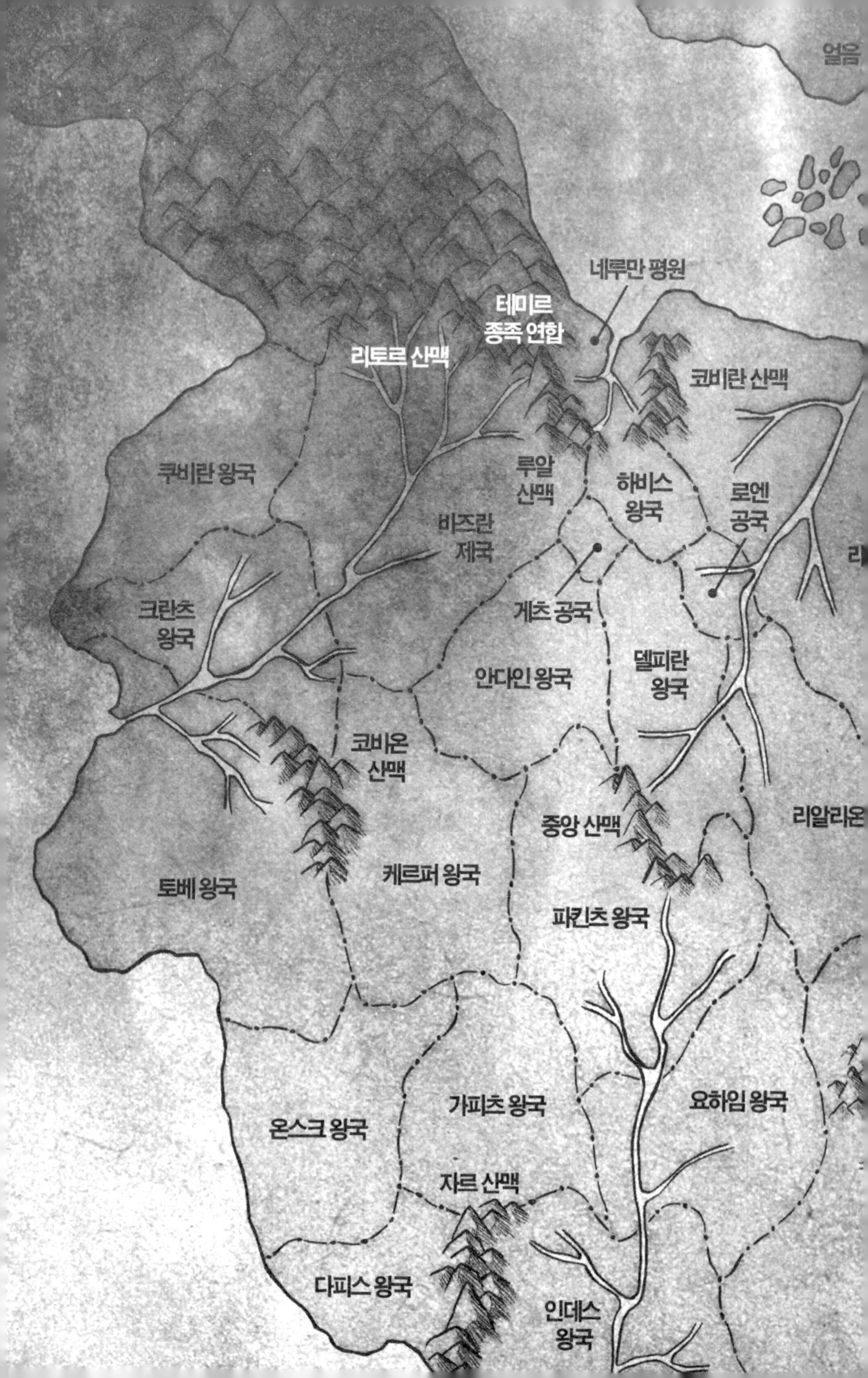

얼음
네루만 평원
테미르 종족 연합
리토르 산맥
코비란 산맥
쿠비란 왕국
루알 산맥
하비스 왕국
로엔 공국
비즈란 제국
리
게츠 공국
크란츠 왕국
안다인 왕국
델피란 왕국
코바온 산맥
중앙 산맥
리알리온
토베 왕국
케르퍼 왕국
파킨츠 왕국
가피츠 왕국
요하임 왕국
온스크 왕국
자르 산맥
다피스 왕국
인데스 왕국

리안
케스미르 군도
유케인 왕국
베르카인 왕국
자피란 왕국
국
베츠 산맥
도베스 왕국
데포트 왕국
왕국
이라크츠 제국
오시스산맥
오페론 제국

21세기 대마법사

김광수 퓨전 판타지 소설
FUSION FANTASTIC STORY

21세기 대마법사 5

김광수 퓨전 판타지 소설

초판 1쇄 찍은 날 § 2009년 3월 24일
초판 1쇄 펴낸 날 § 2009년 3월 30일

지은이 § 김광수
펴낸이 § 서경석

편집장 § 문혜영
편집책임 § 정서진
편집 § 유경화 · 조수희

펴낸곳 § 도서출판 청어람
등록번호 § 제1081-1-89호
등록일자 § 1999. 5. 31
어람번호 § 제1042호

주소 § 경기도 부천시 원미구 심곡2동 163-2 서경B/D 3F (우) 420-822
전화 § 032-656-4452 팩스 § 032-656-4453
http://www.chungeoram.com
E-mail § eoram99@chollian.net

ⓒ 김광수, 2008

ISBN 978-89-251-1744-7 04810
ISBN 978-89-251-1609-9 (세트)

21세기 다마법사

FUSION FANTASTIC STORY

김광수 퓨전 판타지 소설

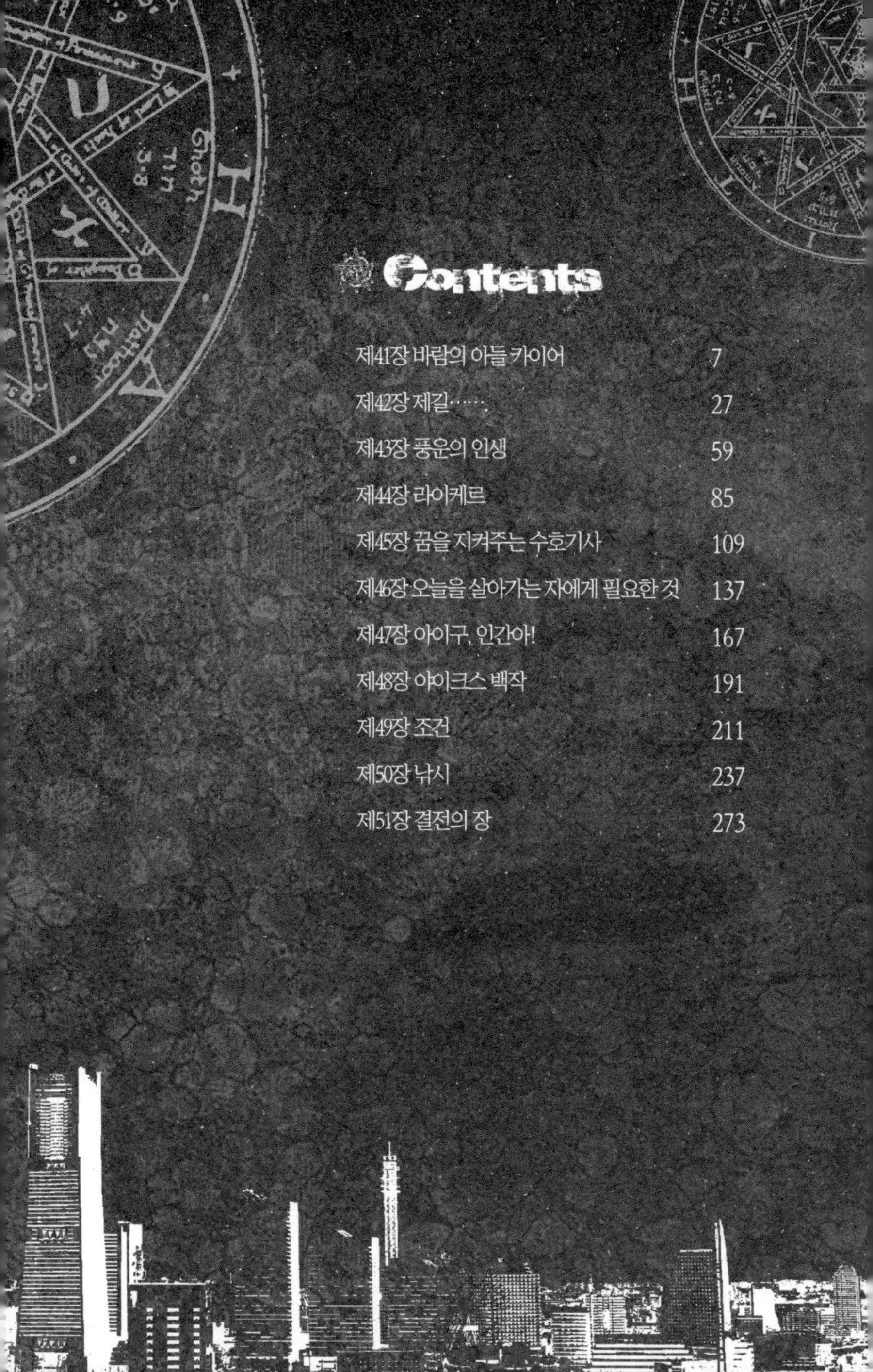

Contents

Chapter 41
바람의 아들 카이어

“탓!”

배를 울리는 힘찬 기합.

쉬이이이이이이이이이익.

공기를 무참히 가르는 빛살.

퍼어억!

산산이 터져 나가는 오우거의 커다란 대가리.

쿠에에에에에에에엑!

크아아아아아아아아!

갑작스러운 공포에 비명을 지르는 몬스터들.

'아놔! 내 돈!!!'

흥분한 마음에 강하게 뿌린 블레스트 스피어.

상품인 오우거의 대가리가 터지자 그제야 정신이 번쩍 들었다.

'최대한 상처 안 나게, 예쁘게 죽여주마.'

크아아아아아아아아!

동료가 죽자 발광하는 오우거들.

쉬이이이익!

들고 있던 몽둥이와 오크들에게서 빼앗은 창을 날렸다.

하늘 위에서는 와이번이 무적이었지만 지상에서는 오우거가 맹수급.

쉬이이이이이이잉.

오우거가 던진 잡다한 것들 사이를 피하며 베베토가 오크들 머리 위를 스치고 지나갔다.

쿠에에! 쿠케케케케!

알아듣지 못하는 괴성을 지르며 발광하는 오크들.

쉬쉬쉬쉬쉭.

'어쭈, 요것들 봐라. 겁대가리를 상실했네?'

화살을 메고 있던 오크 궁수들이 활을 날렸다.

쿠아아아아아아아아아아!

오크들의 이죽거림에 화가 뻗은 베베토.

아낌없이 더러운(?) 성격을 보이며 떠나가라 울음을 토했다.

콰드드득.

그리고 재차 하강하며 오크 두 마리를 강철 같은 발톱으로 잡아채더니 힘주어 바스러뜨려 버렸다.

퍼벅.

으깨진 오크를 지상에 던져 버리는 베베토.

'그래, 행동대장이라면 그 정도는 보여줘야지!'

철컹.

안전 고리를 풀었다.

'다 뒈졌어!'

어젯밤 꿈자리가 뒤숭숭했을 오크들.

오늘은 요단강 건너 그들의 천국에 입성할 날이었다.

턱!

지상과의 거리는 약 10미터.

그대로 베베토를 박찼다.

슈퍼맨을 삼촌으로 두고 스파이더맨과 친구 먹은 것도 아니지만 나에게는 히어로도 부럽지 않은 능력이 있었다.

그것은 바로,

"스파이럴 토네이도!"

5서클 풍계 공격 마법 중 최고봉인 스파이럴 토네이도.

위이잉!

마나홀이 묵직하게 진동음을 울렸다.

파앗!

그리고 터지는 투명한 푸른빛의 마나 폭풍.

순식간에 대기의 마나들과 결합을 끝낸 마법은 그대로 회전하는 바람의 아가리를 대지에 들이밀었다.

휘리리리리리리리리리리리링.

수백 개의 칼날이 장착된 바람의 회전풍.

촤아아아아아아아아아아아악.

내가 떨어져 내리는 발밑에 폭렬하더니 그대로 원형을 이루며 사방으로 바람의 파도가 되어 휘돌았다.

쿠에에에에에에에에에엑! 쿠에에에에엑!

서거덩 서거덩.

후두두두두두둑.

돼지 멱따는 오크들의 처절한 마지막 외침과 함께 오크들의 몸뚱이가 바람의 회전 속에서 잘 다져진 고깃덩어리가 되어 사방에 비처럼 쏟아져 내렸다.

'와우!'

인간과 다른 몬스터.

오직 머릿속에는 피와 살육, 배고픔밖에 없는 저주받은 생명체들이 푸른 피를 뿌리며 흩어져 내렸다.

'반경 20미터는 작살났네.'

5서클 마법이지만 내가 가진 강력한 마나가 더했기에 거의 6서클에 근접하였다.

그것도 20미터 안은 즉사였고, 그 바깥으로도 남아 있는 기세에 팔다리가 잘린 오크들 수십 마리가 널브러져 있었다.

'엥? 저놈들 보게!'

쿵쿵쿵!

간이 제대로 부은 오우거 한 마리가 바닥을 울리며 돌진해 왔다.

크아아아아아!

킹콩처럼 커다란 이를 드러내며 오크 두 마리를 손에 들고 달려오는 오우거.

쉭쉭!

10미터쯤 이르자 손에 든 오크들을 힘껏 던졌다.

퍼억! 퍼억!

가만히 있건만 내 옆으로 날아와 죽사발이 된 오크.

팟!

땅을 박찼다.

스릉!

빼어지는 검.

“…….”

순식간에 마나 스텝으로 10미터 거리를 압축하자 놀란 오우거의 새빨간 눈탱이.

푸욱!

휘리링.

오우거의 목에 박힌 푸른 블레이드에 물든 검.

한 바퀴 검신이 회전하였다.

스윽!

촤아아아아아아악!

검을 찌르고 회전시켜 절명시켜 버린 오우거.

제법 많은 행동들이 펼쳐졌지만 그 시간은 고작 몇 초.

대동맥이 잘린 듯 피를 콸콸 쏟아내는 오우거.

쿠우웅.

나무꾼의 도끼질에 넘어가는 나무처럼 그대로 대지에 코를 박고 쓰러져 버렸다.

'앗싸! 500골드!'

오우거를 죽였다는 것보다 돈을 벌었다는 사실이 더 기뻤다.

하루를 살더라도 몇천 원을 버는 사람이 있는가 하면, 몇억을 버는 이도 있는 법.

나는 전자보다 후자의 삶을 살고 싶었다.

그리고 그럴 능력 또한 충분하였다.

‘엥? 저놈들 어디 가는 거야?’

블레스트 스피어에 한 놈이 작살나고, 다른 한 놈이 깔끔하게 도축이 되자 남아 있던 세 마리의 오우거가 등을 돌리는 모습이 보였다.

“야! 거기서!! 오늘 일당 아직 못 채웠단 말이야!!!!”

쿵쾅, 쿵쾅!

3, 4미터 정도 되는 오우거들.

덜렁거리는 거시기를 요란하게 흔들며 저 멀리 숲을 향해 본격적으로 도망을 치기 시작했다.

턱!

거리는 약 100미터.

떨어져 있는 오크의 낡은 창을 집어 들었다.

팟!

퍼억!

화살보다 더 빠르게 공간을 압축해 나가던 창.

오우거의 등판을 뚫고 깊숙이 박혀 버렸다.

쿠오오오오오오오오오오오오!

쿠에에에에에에엑!

철퍼덕 철퍼덕.

거기에 고양이가 쥐를 사냥하듯 오크를 가지고 장난치는

베베토.

벌써 수십 마리의 오크들이 베베토의 발톱에 들려 날개 없는 자신들의 처절한 비애를 맛보고 있었다.

쿠쿠케케! 쿠우우우우!

알아들을 수 없는 언어를 남발하는 오크들.

우르르르.

갑자기 등을 보이며 사방으로 흩어지기 바빴다.

'헐? 끝난 거야?'

복수의 종족이라느니 전투에 미친 몬스터라는 별명을 소유한 오크들은 어디로 가고 뒤로 몸을 빼느라 바쁜 오크들.

쿠오오오오오오오오!

도망치는 오크들을 쫓으며 베베토는 신나게 사냥놀이에 빠져 있었다.

"와아아아아아아아아아!"

"오크들이 도망간다!"

"쫓아라! 오크들을 잡아!!!!!!!!!"

'뭐야? 이 뒷북은?'

환호성 다음에 들려오는 어이없는 말.

크그그극.

방책의 문이 열리며 사람들이 쏟아져 나오기 시작했다.

하지만 이미 오크들은 저 멀리 내뺀 뒤였다.

"……."

그리고 조용히 나를 에워싸는 사람들.

갑자기 동물원 원숭이를 구경하듯 나를 에워쌌다.

'용병들? 아닌데, 마을 사람들 같은데…….'

창은 기본이요, 방패를 들고 검을 차고 있는 남자들.

용병이라 생각이 들 정도였다.

"고귀하신 스카이나이트님을 뵈옵니다."

자신들을 위기에서 구해준 나를 향해 존경이나 감사함이 아닌 당혹스러움과 두려움을 보이는 사람들 사이로 한 명의 촌로가 나타나 깊숙이 고개를 숙였다.

"이렇게 저희 산타로 마을을 구해주심을 마을 사람들을 대표하여 촌장인 제가 감사를 드리는 바입니다."

"……."

촌장의 말에 대답을 못했다.

연세가 드신 노인이 고개를 숙였지만 현재 신분은 귀족.

이러지도 저러지도 못하고 촌장 이하의 사람들을 보고만 있었다.

"몇 달 동안 보호비도 내지 못하였건만 이렇게 마을을 구해주심을 진심으로 감사 또 감사드리는 바입니다."

내가 말을 하지 않자 보호비를 언급하며 송구한 표정을 짓는 산타로 마을 촌장.

'보호비? 그건 또 뭐야?

"저… 약소하지만 몇 달 동안 저희들이 몬스터와 동물들을 사냥하여 모은 돈입니다. 보호비에는 턱없이 부족하지만… 받아주십시오. 살림이 펴지면 밀린 보호비까지 다 갚겠습니다."

눈치를 살피며 조심스럽게 품에서 가죽 주머니를 꺼내는 촌장.

대충 보아 100골드 안짝인 것 같았다.

"보호비는 필요없습니다. 난 다만……."

어린아이 코 묻은 돈이나 갈취하는 동네 양아치가 아니었다.

"안 됩니다요. 더 이상 여자아이들을 줄 수 없습니다. 차라리… 몬스터에게 다 같이 죽을지언정 여자아이들을 노예로 내줄 수 없습니다."

내 말도 다 듣지 않고 얼굴을 흙빛으로 물들이며 결사항전의 의지를 보이는 촌장.

'여자아이? 노예? 아니, 도대체 뭔 일이야?

촌장뿐만 아니라 내 주위를 둘러싼 남자들의 얼굴에서 분노와 적개심이 피어올랐다.

쿠오오오오오오오오!

"허억……."

하지만 어느새 오크 한 마리를 입에 물고 날아온 베베토의
모습에 공포에 질린 마을 사람들.

"빵 좀 주시겠습니까?"

'사정을 알아봐야겠군.'

보호비니 여자아이를 줄 수 없다는 말 등에서 무언가 사정
이 있음을 알 수 있었다.

"빠, 빵 말씀이십니까?"

얼이 빠져 되묻는 촌장.

고개를 끄덕였다.

"안으로 드십시오."

내 눈을 한 번 보며 진심을 묻더니 고개를 숙였다.

"제로, 어서 가서 알려라. 귀한 손님이 오셨으니 음식을 장
만하라고."

"알겠습니다, 촌장님!"

촌장의 명령에 부리나케 방책 안으로 들어가는 제로라는
청년.

'그런데 다들 왜 이래? 피죽도 못 먹은 사람들처럼?'

자세히 보니 마을 사람들 모두 얼굴에 기름기가 없었다.

"누추한 저희 마을에 스카이나이트님을 모시게 되어 영광
입니다."

거의 왕을 대하듯 최고의 예로 나를 맞이하는 촌장.

찌릿찌릿.

그러나 몇몇 젊은 청년들은 나를 째려보기 바빴다.

"베베토! 알아서 밥 챙겨 먹어라!"

혹시나 위험이 있을까 봐•내 머리 위에서 비행하고 있는 베베토에게 큰 목소리로 명령을 내렸다.

쿠오오오오오오!

말귀를 알아듣고 커다란 날개를 활짝 펴며 허공을 한 바퀴 휘돌았다.

'그런데 빵이나 있는지 몰라?

루나 마을처럼 가난의 향기가 물씬 풍기는 산타로 마을.

느긋하게 걸음을 옮기며 마을 안으로 들어갔다.

'오! 맛있어 보이는데?

통나무와 갈대 같은 종류의 풀들로 지붕을 만든 백여 채의 마을 건물.

중앙에 자리 잡은 촌장 집으로 들어가 있자, 잠시 후 김이 모락모락 나는 하얀 빵이 들어왔다.

그것도 투명한 윤기가 자르르 흐르는 갈색 꿀과 함께.

"차린 건 없지만 많이 드십시오."

쪼로록.

자신의 이름을 이반트라 밝힌 촌장이 막 짜낸 정체를 알 수 없는 우유를 나무잔에 따랐다.

"잘 먹겠습니다."

아무리 귀족이라지만 허연 수염의 촌장에게 반말을 할 수 없었다.

잘 먹겠다는 말을 하며 빵에 꿀을 살짝 찍어 한 입 베어 물었다.

'호오!'

촉촉하고 부드러운 빵에 찍어먹는 꿀.

맛이 끝장이었다.

"맛있습니다."

"입맛에 맞으시다니 다행입니다."

내 표정을 살피던 촌장이 맛있다는 말에 환한 웃음을 지었다.

귀족을 상대하는 일.

꼬투리만 잡혀도 목숨이 왔다 갔다 한다는 것을 촌장도 잘 알고 있을 것이었다.

"이반트 촌장님, 그런데 보호비가 뭡니까?"

"보, 보호비 말씀이십니까."

"그렇습니다. 왜 스카이나이트에게 보호비를 내시는지요? 듣기로 이곳 주민들은 영주가 없어 세금도 내지 않는다고 하던데."

"저… 기사님, 혹시 이곳이 처음이신지요?"

조심스럽게 물어오는 촌장.

"그렇습니다. 어제 새로 이곳에 부임했습니다."

"휴우, 그러시군요. 그럼 묻는 말에 대답해 드리겠습니다……. 예전에는 저희 마을 말고도 제법 많은 마을들이 이 주변에 있었습니다. 그러나 몬스터 토벌을 하지 못하는 관계로 점점 몬스터들의 영역이 넓어졌고, 늘어난 몬스터만큼 마을과 사람들의 숫자는 줄어들었습니다. 하지만 이곳이 아니면 달리 갈 곳도 없는 저희들이기에 목숨을 걸고 땅과 사냥터를 지켜야 했습니다. 사실 오크만 잡아도 그 가죽 값으로 1골드 정도는 받기에 목숨을 유지할 수 있었습니다. 그러나… 가끔씩 오우거나 트롤과 같은 강력한 몬스터들이 나타나면서……."

부드러운 빵을 먹으며 듣는 촌장의 길고 긴 설명.

처음에는 보호비로 이야기를 꺼내다가 어느새 자신들의 하소연과 지금 있는 네루만 평원이 과거에는 참으로 살기 좋았다는 말로 이어졌다.

그리고 어느새 빵과 꿀은 다 떨어졌건만 할 말 많은 촌장의 이야기는 계속 이어져 갔다.

누군지 몰라도 제발 새로운 영주가 이곳에 와서 몬스터들을 물리치고 예전처럼 농사짓고 고기 잡으며 살고 싶다는 평범한 소망들.

　'평범하게 사는 것이 가장 어렵다고 하더니……'

21세기 대한민국도 그랬다.

돈 없고 권력없는 백성들의 가장 소중한 소망.

비를 피하며 아이들을 키울 수 있는 집과 적당한 일터.

그리고 법과 정의가 살아 숨 쉬는 곳에서 살고 싶은 마음.

칼리얀 대륙이나 지구나 그리 다를 바가 없었다.

다만 이곳 대륙이 더 개판이라는 것이 문제였다.

"저… 기사님, 약소하지만 이것이라도……."

거의 두 시간 동안 촌장의 이야기를 듣고 나왔다.

그리고 오크를 배불리 먹어 똥배가 출렁거리는 베베토를 마을 앞 공터로 불러들였다.

그때 촌장이 떨리는 손으로 주머니를 내밀었다.

"하하. 됐습니다. 맛있는 빵을 먹은 것으로 족합니다."

처음에는 적의를 보였던 마을 사람들이었지만 빵만 먹고 돌아가는 내 모습에 얼굴이 환히 펴졌다.

　'죽일 놈의 새끼들! 보호비라는 명목으로 한 달에 한 번 뻥을 뜯어가?'

갈수록 늘어난 몬스터들 때문에 농사도, 어부 생활도 못하는 불쌍한 마을 사람들.

오크나 사냥하며 목숨만 유지하고 살아가고 있는 이들에 게서 루켄스 자작이라는 놈은 보호비를 뜯어간다 하였다.
보호비를 내야만 하루에 두 차례 스카이나이트들이 순찰을 돌며 오우거 같은 대형 몬스터들을 잡아간다 하였다.
'아니, 오우거나 트롤 같은 놈만 잡아도 돈 억수로 벌겠고만, 뜯어먹을 게 없어서 개미 간을 빼먹어?'
입고 있는 옷도 남루하고 몸에 윤기도 없는 산타로 마을 사람들.
보호비는 고사하고 구호비를 지급해야 할 이들로 보였다.
"그런데 오우거하고 오크 가죽은 어떻게 할까요?"
촌장이 입을 열자 마을 사람들 모두가 눈을 빛냈다.
요즘 오크들도 떼를 지어 출몰하여 제대로 사냥도 하지 못해 돈을 못 벌었다는 마을 사람들.
상인들이 한 달에 한 번 가죽을 구입하러 온다고 하였다.
"제 와이번 녀석이 배가 불러서 가지고 갈 수 없을 것 같습니다. 알아서 하십시오."
"저, 정말이십니까!"
"감사합니다!! 감사합니다!!"
"이렇게 고마울 때가……."
이반트 촌장의 놀란 물음에 이어 지켜보던 마을 사람들의 입에서 감격의 말들이 쏟아져 나왔다.

“시간이 날 때마다 제가 순찰을 돌아줄 터이니 그리 아십
시오. 그럼……”

가볍게 고개를 숙이고 베베토에 훌쩍 올라탔다.

“기사님! 이름이라도 알려주시고 가십시오!”

“오오! 축복의 신 네르미스님의 가호가 함께하시기를!”

몬스터 몇 마리에 행복해하는 마을 사람들.

성호를 긋거나 깊숙이 허리를 숙이며 끝없는 감사를 표하
였다.

‘기분 좋네……’

나에게는 아무것도 아닌 일들이건만 평범한 이들에게는
목숨이 왔다 갔다 하는 몬스터들과의 전쟁.

가슴을 따뜻하게 만드는 빵 하나만으로 오늘의 일당은 충
분하였다.

“베베토! 가자!”

쿠오오오오오오오!

배 터지게 오크로 배를 채운 베베토.

퍼럭 퍼럭 퍼러러럭.

힘차게 날개를 펄럭이며 지상을 박찼다.

쉬이이이이이이익.

몇 번의 날갯짓만으로 창공으로 비상한 베베토.

고삐를 돌렸다.

　이반트 촌장에게서 앞으로 가봐야 더 이상 마을이 없다는 말을 들었기에 외인 창공단으로 돌아갈 생각이었다.

　휘리리리리리리리리링.

　높이 날자 바다에서 불어오는 따듯한 바람이 갑옷과 붉은 망토를 펄럭였다.

　"이야야야야야야야야야야야~!!!!"

　끝없이 펼쳐져 끝이 보이지 않는 수평선.

　그 넓은 대양을 향해 힘껏 함성을 질렀다.

　한 치 앞도 예측할 수 없는 미래였지만, 무작정 기분 좋은 이 순간.

　하늘의 바람을 먹고 가슴 터져라 외쳤다.

　바람의 아들 카이어.

　여기 힘차게 창공을 날고 있다고!

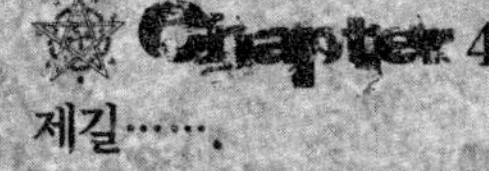

Chapter 42

제길…….

‘결코 작지 않은 도시 규모야. 휴우…….’

배불러 기분이 좋아진 베베토 덕분에 일찍 도착한 도시 덴포스의 상공.

바즈란 제국이 과거 얼마나 큰 기대를 했는지를 여실히 보여주는 긴 성곽을 보며 아쉬움의 한숨을 토하였다.

뛰어난 영도자가 있었다면 지금처럼 폐허가 되지 않았을 이곳.

머릿속에 수많은 생각들이 뒤엉켰다.

쉬이이이익.

그렇게 생각에 빠져 있는 사이, 자기 집이 된 외인 창공단 격납고 앞에 천천히 내려서는 베베토.

진돗개도 아니면서 집도 잘 찾았다.

'호오, 깨끗이 치워놨네?'

격납고 주변을 철통같이 보호하는 병사들 말고 십여 명의 일꾼처럼 보이는 사람들이 격납고를 손보거나 주변을 정리하고 있었다.

"카이어님! 베베토!"

그리고 환한 웃음을 지으며 데르발이 나와 베베토를 맞이하였다.

"데르발, 별일 없었어?"

"보시다시피 이런 일 말고는 아무 일도 없었습니다."

손으로 주변을 가리키며 빙긋이 웃는 데르발.

'사병치고는 군율이 제법인데?'

아침에는 경황이 없어서 자세히 보지 못했던 제니스의 사병들.

베베토와 나를 보고도 흐트러짐없이 사방을 경계하고 있었다.

"그런데 카이어님, 잠시 저와 함께 밖에 다녀와야 할 것 같습니다."

"왜?"

　베베토에서 뛰어내리자 데르발이 밖에 나가자 말을 해왔다.

　"이것저것 생활에 필요한 물건들도 구입해야 하고, 당분간 우리를 지켜줄 용병들도 모집해야 할 것 같습니다."

　"그래? 그러지 뭐."

　자기 집을 옆집 강아지들에게 맡길 수는 없는 법.

　데르발의 말에 고개를 끄덕였다.

　어차피 도시 구경도 하고 싶었다.

　"그럼 바로 출발하시지요. 미리 말도 준비해 놨습니다."

　'벌써 말까지?'

　언제나 준비정신이 뛰어난 데르발.

　격납고 안에서 두 필의 말을 끄집어 내왔다.

　쿠오오…….

　말이 나타나자 눈을 반짝이는 베베토.

　키르포네 창공단에서 맛본 말고기를 기억하는지 황금 눈동자가 반짝반짝 빛이 났다.

　"안~ 돼!"

　'자식아! 널린 공짜 고기 놔두고 하필 비싼 말고기야!'

　조금만 벗어나면 자연에서 방목한 유기농(?) 오크들이 뛰어놀고 있었다.

　그런 상황에서 베베토의 입가심을 위해 말고기를 헌납하

고 싶은 마음은 전혀 없었다.

　결코 내가 쪼잔하거나 간이 작기 때문은 물론 전혀(?) 아니었다.

　"잘 부탁드립니다, 체이스님."

　"하하. 걱정 말고 다녀오십시오."

　병사들을 지휘하는 기사에게 꾸벅 인사를 하는 데르발.

　그런 데르발의 모습에 기분이 좋아졌다.

　쓸데없는 자존심 같은 것을 세우지 않는 저 모습.

　듬직하고 믿음직스러웠다.

　"베베토, 집 잘 보고 있어라!"

　쿠오오.

　알아들을 수 없는 저만의 언어로 대답하며 고개를 끄덕이는 베베토.

　덩치에 안 어울리게 귀여웠다.

　"이럇!"

　히이이이잉!

　베베토의 등판과 확연히 다른 말안장.

　에쿠스를 타다가 티코를 운전하는 느낌이 그대로 전해져왔다.

　"1쿠퍼만 주세요……. 집에 동생들이 배가 고파 울고 있어요……."

"나으리, 아무 일이나 시켜주십시오! 먹을 것만 주면 목숨 바쳐서 일하겠습니다!"

"지저분한 손으로 어디를 잡고 지랄이야!"

퍽!

"아악!"

창공단 밖으로 나오자 거의 망가진 도로와 부서진 건물들이 보였다.

그리고 보이는 살벌한 도시의 풍경.

'이 정도란 말인가?

봄에서 여름으로 넘어가는 계절이라 그렇게 춥지는 않았지만, 지난겨울부터 맨발로 다녔을 아이들이 떼지어 다니며 구걸하였다.

그런 아이들이 달라붙자 귀찮다는 듯 거침없이 폭력을 휘두르는 용병들.

"한때 골드 러쉬를 이루던 네루만 평원이었습니다. 타 대륙과 연결된 항로와 넓고 비옥한 토지, 곳곳에서 발견되는 광산. 제국에서 적극적으로 이민 정책을 펼쳐 너도나도 네루만으로 몰려갔다 들었습니다. 그러나 몬스터와 적국들, 그리고 해적들의 침공에 지금은 버려진 대지가 되어버렸습니다."

안타까움이 담긴 촉촉한 목소리로 말하는 데르발.

"스, 스카이나이트다!"

"으아아아!"

"도망쳐!!"

구걸하거나 골목에 모여 있던 아이들이 나를 발견하고는 비명을 지르며 도망쳤다.

그뿐만 아니라 용병들과 일반 백성들도 황급히 고개를 숙이거나 종종걸음으로 골목 사이로 숨었다.

'건물은 낡았고 백성들은 배고프며, 인심 또한 흉흉하네.'

넓은 하늘에서 볼 때와는 확연히 다른 덴포스의 풍경.

마음이 착잡해졌다.

내가 여태 보았던 그 어느 곳보다 더 가난하고 지저분한 도시.

그 어느 곳에도 희망이라는 놈은 가출했는지 보이지 않았다.

"저쪽이 상업 거리인가 봅니다. 주변에 몬스터들이 들끓다 보니 몬스터들을 사냥하는 용병들과 마법 재료를 구하는 마탑, 그리고 특수 상인들이 제법 있다고 합니다."

나를 보자마자 몸을 숨기는 사람들 덕분에 황량해진 거리.

멀찍이 그나마 외관이 깨끗한 건물들이 보였다.

"쭉 돌아보니 도시 부근 빼고는 농사를 짓지 못하던데, 식량은 어떻게 충당하는가?"

"하비스 왕국을 통하여 상인들이 왕래하는 것 같습니다. 케스미르 군도의 해적들 때문에 해상이 봉쇄된 지는 꽤 되었을 것입니다."

'생각보다 더 엉망이다.'

도시를 관리하는 자들도 없는 듯 곳곳에 쌓인 쓰레기들과 악취.

사람이 아니라 쥐들과 바퀴벌레를 위한 천국이 아닐까 싶었다.

"몬스터들만 막아낸다면 대륙에서 이만한 입지 조건을 갖춘 곳은 없을 것입니다. 제국이 조금 더 힘을 보탰으면 되었는데, 하필 전력을 집중할 그때 동맹국인 쿠비란 왕국이 테미르 놈들과 해적들에게 공격을 당하는 바람에 힘이 분산되었습니다. 정말 아쉬운 곳입니다."

입맛을 다시는 데르발의 평가.

'만약 이곳의 영주가 된다면……'

갑자기 마음속에서 이는 가정 하나.

'돈을 억수로 처발라야겠지?'

하지만 용가리 통뼈도 아니고 나 혼자 무슨 재주로 거의 수백만 단위를 넘어가는 몬스터들을 처리할 수 있단 말인가.

더욱이 깨진 독처럼 보이는 네루만 평원.

물을 부어봐야 말짱 도루묵일 것이었다.

“여기가 용병 길드인가 봅니다.”

데르발과 말을 하다 보니 도착한 상업 거리.

좌우로 늘어선 이층 이상의 낡은 석축 건물들이 대로 양옆에 늘어서 있었다.

그리고 한 삼층 건물 앞에 인상 더러운 용병들이 백여 명 정도 보였다.

“…….”

데르발과 나란히 용병 길드에 다가갔다.

그러자 자연스럽게 쏠리는 시선들.

모두들 나를 보았다.

그러나 이내 스카이나이트를 상징하는 붉은 망토와 은빛 에어 플레이트를 보고 흠칫 놀라는 표정을 지었다.

“못 보던 스카이나이트인데…….”

“아! 어제 루켄스 자작가 병사들을 아작 냈다는 새로 온 그 애송이 스카이나이트!”

“죽으려고 작정을 했군. 겁도 없이 루켄스님에게 대항하다니……. 쯧쯧.”

예민한 귓가로 들려오는 용병들의 속삭임.

자기들끼리 그렇게 수군거리더니 나와 눈길이 마주치자 표정을 빠르게 지웠다.

그 대신 보이는 경멸과 비웃음.

뭣도 아닌 것들이 폼만 가득 잡고 있었다.

철컥.

용병들이 지켜보는 와중에 말에서 내렸다.

‘조폭 결혼식장도 아니고.’

얼굴이나 몸뚱이에 저마다 흉터를 문신처럼 새기고 있는 용병들.

인상을 쓰지 않아도 보는 것만으로 밥맛이었다.

저벅저벅.

데르발에게 말고삐를 맡기고 길드 안으로 들어섰다.

“크크, 곧 죽을 놈이 분위기는…….”

“낄낄낄, 요즘은 개나 소나 스카이나이트가 되나 봐.”

조용히 지나쳐 가자 겁대가리를 상실하고 뒤에서 중얼거리는 두 놈.

쉬이익! 퍽!

“크아아악!”

내 특기인 뒤돌려 차기 스킬이 발동되었다.

퍼억!

한 방에 멀찍이 날아가는 한 놈.

그리고 그대로 오른팔을 날려 말을 함부로 씨불인 나머지 한 놈의 아구창에 그대로 꽂아넣었다.

쿠당탕.

비명도 지르지 못하고 옥수수가 다 털린 상태로 계단을 구르는 놈.

"헛……."

씨익.

짧은 비명을 지르는 용병.

입가에 지어지는 차가운 미소.

더 이상 말이 필요없었다.

끼이익.

말을 매어두고 달려온 데르발이 길드의 문을 열었다.

저벅저벅.

다시 등을 돌려 안으로 들어섰다.

그리고 비웃음 따위는 다시 들려오지 않았다.

"그놈이 용병 길드에 들어갔다고?"

"그렇습니다, 팔미어님."

"간이 배 밖으로 튀어나온 놈이군. 제국에서 쫓겨난 놈이 이곳에서 고개를 쳐들고 활보를 하다니……."

"어떻게 하시겠습니까? 와이번도 격납고에 있는 것으로 확인되었는데……. 밀어버릴까요?"

"아니야. 어제 떠본 걸로 됐어. 루켄스님의 허락이 떨어지지 않는 이상 함부로 움직이면 안 돼."

덴포스 안에 자리 잡은 루켄스 자작의 저택.

도시 밖에 있는 루켄스 자작성에서 파견을 나온 스카이나이트 팔미어가 기사와 대화를 나누고 있었다.

"그럼……."

"일단 지켜봐. 놈이 무슨 짓을 하는지, 놈에게 협조하는 놈들이 누구인지, 그 계집년이 놈에게 무슨 꿍꿍이를 품고 있는지. 모두 다 조사해. 절대 한눈팔지 말고."

"명!"

팔미어의 명령에 힘차게 대답하는 기사.

'한번 뛰어놀아 보거라, 애송이.'

이곳까지 좌천될 정도라면 죽어도 제국에서 신경 쓸 자가 하나도 없다는 것을 잘 알고 있었다.

더군다나 스카이나이트들이 금기시하는 이종교배 와이번을 소유한 놈.

테미르 놈들이 종종 이종교배 와이번을 타고 공격해 왔기에 이곳에서는 놀라는 자들이 드물었지만 결코 완벽한 스카이나이트라고 볼 수는 없었다.

'카이어라고 했지? 살고 싶으면 기어들어 와라. 괜히 다치지 말고……. 크크크.'

"……."

스카이나이트를 상징하는 갑옷과 망토에 건물 안에 있던 이들이 모두 시선을 집중했다.

"여기 길드장이 누구인가?"

자연스럽게 하대를 하며 길드장을 찾았다.

"자, 잠시만 기다리십시오."

대답을 하며 허둥지둥 위층으로 올라가는 젊은 용병.

'용병 길드치고는 깔끔한데?'

무식이하고 사촌인 용병들.

그런 용병들의 집합소인 길드는 보기보다 깔끔한 내부를 자랑하였다.

"하아암……."

길드 내부를 살피고 있는 사이 위층에서 내려오는 한 인물.

'용병 맞아?'

온몸에 문신 같은 흉터를 자랑하는 용병들과 달리 깨끗하고 갸름한 얼굴의 귀공자.

이제 갓 20대 후반 정도밖에 안 되어 보이는 남자가 귀찮다는 표정으로 내려오고 있었다.

"무슨 일로 절 찾으셨습니까?"

스카이나이트인 나를 보고 기가 죽은 용병들과 달리 아무렇지 않게 묻는 미남자.

블루빛 곱슬머리와 눈동자가 인상적이었다.

"그대가 여기 길드장인가?"

"뭐… 요즘은 그렇습니다."

내 물음에 대충 대답하는 남자.

'마나가 상당하다!'

마나 스캔을 해보지 않았지만 은은히 느껴지는 상대의 기세.

무형의 기운이 온몸을 두르고 있는 모습으로 보아 강자가 분명했다.

'분위기로 봐서 용병은 아닌 것 같은데……'

황실 근위기사라 해도 믿을 정도로 동작 하나하나에 고풍스러움이 느껴지는 사내.

무언가 사연이 있는 자가 분명했다.

"용병을 구하고 싶다."

"용병이요? 그거라면 여기 애들한테 말하셔도 되는데……."

뭔 일 같지도 않은 걸로 자신을 귀찮게 하느냐는 표정을 짓는 길드장.

"각 등급 보수의 두 배. 기한은 무기한. 블레이드 이상의 용병과 마법사는 상담 후 결정. 특히, 마법사는 원하면 마법서 제공."

"호오, 무기한 고용이라 하심은… 사병을 원하시는 겁

니까?"

눈동자를 반짝이는 길드장.

"후후……."

대답 대신 조용히 웃음을 흘렸다.

파바밧.

허공에서 길드장과 눈빛이 부딪쳤다.

씨익.

그 순간 미소를 짓는 길드장.

묘한 동질감이 느껴지는 자였다.

"괜찮겠습니까?"

나의 재력 상태를 모르는 데르발이 용병 길드를 나서자 조심스럽게 물어왔다.

어지간한 삼급 용병도 한 달 고용 비용에 몇 골드씩 소모되는 마당에 두 배의 비용으로 고용한다 함은 파격적이라 할 것이다.

"데르발, 자네 같으면 내 밑에 오고 싶겠나?"

"그거야……."

"오면 받아주면 되는 거고, 안 오면 마는 거야. 뭐 일일이 복잡하게 살 필요가 있나? 지금 내게 필요한 것은 병사들 대가리 숫자일 뿐이니까."

아마 루켄스라는 작자는 내 움직임을 파악하고 있을 것이다.

나 같아도 자기 구역을 침범한 사자 새끼를 멍청하게 놔두지 않을 것이다.

‘에휴, 전략 시뮬레이션 게임도 아니고.’

한때 잠깐 빠졌던 삼국지라는 게임.

점점 내 꼴이 게임 속 캐릭터가 되는 것 같았다.

‘상권이 생각보다 제법이야?’

용병 길드를 나와 상점들이 들어서 있는 대로로 이동하였다.

‘건물들은 낡았지만 보수만 하면 쓸 만할 텐데……’

대충 들은 설명만으로 도시 덴포스와 네루만 평원이 그리 나쁜 조건의 영지가 아니라는 것을 알 수 있었다.

“카이어님, 저기서 물건을 구입하면 될 것 같습니다.”

데르발이 수없이 들어선 상점들 중에 종합 잡화점으로 보이는 한곳을 가리켰다.

‘어? 루비스 상단 아냐?’

나에게 친숙한 루비스 상단이라는 간판.

대륙오대상인 안에 들어가는 이름처럼 이곳에도 루비스 상단 건물이 보였다.

“다른 상단들과 달리 정직한 거래로 유명한 곳입니다. 각 제국이나 왕국들의 실세가 주인이 아닌 순수한 상인들만의 상단으로, 믿고 거래할 만합니다."

데르발이 믿음이 뚝뚝 흐르는 목소리로 루비스 상단을 칭찬했다.

'데르발, 내가 거기 총지배상인과 일촌친구 등록해 놨어. 크크.'

나에 대해서 아는 것이 별로 없는 데르발.

루비스 상단 앞에 멈췄다.

"어서 오십시오."

다른 곳과 달리 십여 명의 무기를 장착한 호위무사들이 삼엄하게 경비를 서고 있었다.

도시가 무법지대 같은 곳이라 자체적으로도 신경을 많이 쓰는 것 같았다.

딸랑딸랑.

호위무사들의 정중한 대접을 받으며 상단 안으로 들어섰다.

'와우!'

수백 평은 될 것 같은 상단 내부에는 빽빽하게 물건들이 들어차 있었다.

갑옷과 검과 같은 무기류나 냄비와 같은 각종 생활용품들, 그리고 밀가루 같은 것들도 포대에 담겨져 수북이 쌓여 있었다.

‘대형마트가 따로 없네.’

“고귀한 스카이나이트님을 뵙습니다. 저희 루비스 상단을 찾아주심을 진심으로 감사드리는 바입니다. 덴포스 지부장 렌키스라 합니다.”

안으로 들어서자 눈치 빠른 사십대 중반의 대머리 아저씨가 후다닥 달려와 깊숙이 고개를 숙였다.

“물품들을 거래하고 싶어서 왔습니다.”

데르발이 나섰다.

“거래라 하심은……”

“이번에 새로 창공단에 부임하신 저희 주군이신 카이어 준 남작께서 사병을 양성하고자 하십니다. 그에 필요한 제반 물품과 일상생활에 필요한 여러 물건들을 일괄 구매하고자 합니다. 여기 그 품목입니다.”

준비정신이 투철한 데르발이 언제 작성했는지 빽빽이 글자와 숫자가 적혀 있는 종이를 내밀었다.

“음… 상당한 품목이군요. 똑같은 모양의 체인 메일이 200여 벌, 할버트 창과 장검이 300여 자루. 거기에 군마까지……”

종이를 읽어가던 대머리 지부장의 얼굴이 당황스러움으로 물들어갔다.

"아시다시피 이곳 네루만 평원은 용병들 때문에 이렇게 동일한 형태의 갑옷과 무기를 구하기 쉽지 않습니다. 한 달 이상의 시간을 주셔야 구입할 수 있을 것입니다. 나머지 일상적인 물품이야 저희 지부에서 충분히 구할 수 있습니다. 그리고… 이 정도 군사물품은 루켄스 자작님의 허락을 받아야 할 것 같습니다만……."

지부장이 곤란한 표정을 지었다.

"지부장, 잠시 따로 조용히 얘기 좀 하면 좋겠는데……."

"네? 아, 알겠습니다. 이쪽으로……."

내가 개입하자 놀란 표정을 짓는 지부장.

상인 특유의 능글거리는 얼굴이 딱딱하게 굳어버렸다.

'아저씨, 안 잡아먹을 테니까 릴렉스하시죠?

계급이 깡패인 이곳 대륙.

귀족을 상대하는 일이 평민들에겐 큰일일 것이었다.

"데르발, 더 필요한 것이 없나 잘 살펴봐."

"네! 주군!"

나를 주군이라 칭한 데르발.

정말 싸가지있는 청년이 아닐 수 없었다.

"따로 하명하실 말씀이라도……."

나를 상점 뒤편에 위치한 방으로 인도한 대머리 지부장.

조심스러운 표정을 지었다.

"렌키스 지부장, 상단에 투신한 지 얼마나 되오?"

"한 20년 됩니다만……."

"쯧쯧. 그런데 아직 지배상인도 아니고 이런 위험 지역의 지부장이라니……."

"……."

나의 혀 차는 소리에 눈을 동그랗게 뜨는 렌키스.

"나에게 적극 협조해 주시오. 그렇다면 몇 년 안에 지배상인 정도는 충분히 만들어줄 테니."

"지, 지배상인이라니요? 당치도 않습니다. 저는 지금도 충분히 만족하고……."

"어허! 와이번은 죽어서 가죽을 남기고 사람은 죽어서 이름을 남기는 법! 남자가 어찌 그리 포부가 약하단 말이오! 적어도 세상에 태어났다면 자기가 속한 곳에서 이름 한 번은 날리고 가야 할 것이 아니오? 더군다나 이런 위험하고 외진 곳에서 상단을 위하여 살신성인하는 자세로 근무하는 지부장이라면 충분히 자격이 있다 생각하는데……. 본인은 그렇게 생각하지 않소? 매일매일 무식한 용병들과 언제 쳐들어올지 모르는 몬스터, 그리고 무법지대와 다름없는 이 도시에서 고생하는데 그 정도 대가는 충분히 얻어야 하는 것이 아니오?"

렌키스가 입을 열 수 없을 정도로 자존심을 건드리며 다다다 입을 열었다.

"그, 그거야……."

내 말에 흔들리는 표정을 짓는 렌키스.

사람의 마음이란 다 비슷한 것이다.

나 같아도 무슨 투철한 충성심이 아닌 이상 좀 더 안전한 곳에서 상급자가 되고 싶을 것이다.

스윽.

갈등하는 렌키스 지부장 앞에 조용히 철패를 내밀었다.

"헛! 이, 이것은!"

"자메르 총지배상인이 내게 준 지배상인 발인 철패요."

"마, 맞습니다. 자메르님의 인장이 새겨져 있습니다."

철패를 보던 렌키스가 고개를 끄덕였다.

"이제 이해가 되시오?"

명색이 한 지역을 책임지는 상단의 책임장.

내 말에 담긴 뜻을 알아듣고 눈을 반짝였다.

"사실 자랑이 아니라 총지배상인도 내 도움으로 지금의 위치에 오를 수 있었소이다."

"그, 그러시다면 혹시 마디르와 미수 가죽을 구해주셨다는 그……."

"오! 소문이 거기까지 났소이까?"

늙은이도 아니건만 말투가 귀족처럼 변해 버린 나.

살짝 놀란 표정을 지으며 큼지막한 제스처를 취했다.

"잘 부탁드리겠습니다! 아, 앞으로 많은 지도 편달 부탁드리겠습니다!"

바로 고개를 꽉 수그리는 렌키스 지부장.

'크크. 이래서 사람은 인맥이 중요한 것이야.'

더 이상 길게 말할 필요가 뭐 있겠는가.

추접스럽게 돈을 떼먹을 놈도 아니고, 상단과 신용거래가 가능할 정도로 우량고객인 나.

내 말만 잘 들으면 떡은 아니더라도 떡고물 정도는 배불리 먹을 수 있을 것이었다.

"안녕히 가십시오. 언제든지 필요한 물품이 있다면 연락만 주시면 바로 달려가겠습니다!"

"하하. 아주 유쾌한 거래였소."

"만나뵙게 되어 정말 영광이었습니다."

모든 일이 일사천리로 진행되었다.

"……."

그리고 느껴지는 데르발의 존경이 꽉꽉 담긴 눈빛.

불가능할 것 같은 일을 단숨에 해결해 버린 나를 어찌 존경하지 않을 수 있겠는가.

'20% 할인에 무이자 할부! 자메르, 나중에 술 한턱 쏘겠소

이다.'

"데르발, 가자."

"네! 주군!"

아직도 허리를 90도로 숙이고 있는 지부장과 호위무사들의 인사를 받으며 말고삐를 창공단으로 돌렸다.

'단시간에 성장해 주지. 루켄스 네놈이 잠 못 들을 정도로.'

조용히 파묻혀 몬스터나 잡으며 영지 구입 자금이나 만들고 싶었던 나였다.

그러나 나를 가만 놔두지 않는 새로운 적 루켄스 자작.

내 평안한 삶을 위해서는 제거되어야 할 굵은 가시였다.

"데르발, 나온 김에 밥이나 먹고 갈까?"

"뜻대로 하십시오, 주군."

생각보다 듣기 좋은 주군이라는 말.

누군가에게 강압이나 돈이 아닌 진심이 담긴 자발적 충성을 받는 것은 어려운 일이었다.

특히 데르발처럼 나름대로 교육을 받은 엘리트에게 말이다.

"루켄스 자작의 병사들이 얼마 정도 된다고 하던가?"

내가 없는 동안 똑똑한 데르발은 제니스의 사병들에게 물어봤을 것이다.

"스카이나이트가 자작을 포함해서 열두 명, 블레이드 나이트 급 기사가 50여 명, 5서클 마법사가 2명, 바람의 중급 정령사가 한 명, 그리고 일반 병사들이 약 4000명 정도 된다고 합니다."

'4000? 제법 많군.'

제국 본토에서도 이 정도면 지방 백작가 정도 되는 무력이었다.

"그런데 특이한 점이 있습니다."

"특이한 점?"

"제니스 남작에 관한 이야기입니다."

'제니스가 남작이었나?'

"제니스 남작은 본토에서 추방당한 귀족이 아니라 이곳 네루만 출신이라는 것입니다."

"네루만 출신?"

"그렇습니다. 네루만 평원에서 영지를 소유했던 자드란 남작가의 정식 후계자라 합니다."

'정식 후계자?'

"특히, 루켄스라는 자는 이곳에 부임해서 제니스의 아버지였던 남작과 절친했던 사이라 합니다. 그런데 어느 날 갑자기 두 사람 사이에 불화가 생겼고, 그 얼마 후 남작이 의문의 죽음을 당했다고 합니다."

“그래?”

“자세히는 모르지만 그 문제 때문에 제니스 남작과 사이가 아주 안 좋다고 합니다. 전 남작의 죽음과 루켄스 자작이 무언가 연관이 있는 것 같습니다.”

‘그래서 그렇게 살기를 뿌렸군.’

어제 같이 술을 마셨던 제니스가 왜 그리 살기를 풍겼는지 알 것 같았다.

“어제 주군을 찾아왔던 이유도 그와 연관이 있는 것 같습니다. 루켄스 자작과 대항하기 위하여 스카이나이트이신 주군을 포섭하려고 말입니다.”

데르발이 자신의 추측을 말했다.

“루켄스라는 작자는 따로 성이 있는가?”

“그렇습니다. 덴포스에서 말을 타고 한 시간 정도 거리에 있는 가데인 성이 본거지라 합니다. 그리고 제니스 남작은 항구가 보이는 요새에 있다고 합니다.”

서로 힘을 합쳐 몬스터들과 적들을 막아내기도 바빠야 하건만 제국의 무관심 속에서 세력 다툼을 벌이는 두 존재.

틈바구니에 끼고 싶지 않았다.

‘귀찮게 하지 마라. 나 확 돌아버릴 수가 있으니까……’

거저 줘도 싫을 네루만 평원.

마음 깊은 곳에서 꿈틀거리며 일어나는 묘한 감정을 애써 눌렀다.

돈도 안 되고 머리만 아플 것 같은 이곳.

내가 꿈꾸는 파라다이스를 만들기에는 한참 부족한 곳이었다.

"주군, 저기가 괜찮아 보입니다."

황량하고 낡은 도시 안에 자리 잡은 깨끗한 이층짜리 여관 건물.

와당탕!

"크헉!"

"여, 여보!!!!!!!!!!!!!!"

"아빠!!!!!! 우아아아아아아아앙!"

갑자기 지나가던 상점 문이 박살나며 중년 남성 하나가 튕겨져 나왔다.

그 뒤를 비명을 지르며 튀어나오는 여인 하나와 열 살 정도로 보이는 꼬마 여자애 한 명.

"흐흐. 몇 달치 밀린 보호비에 빌려간 돈에 대한 이자로 오늘부로 상점은 우리가 접수한다."

하드레더 갑옷을 착용한 병사들 다섯 명과 한 명의 기사가 상점 안에서 밖으로 나왔다.

'어라? 어디서 많이 본 놈들이네.'

데르발을 괴롭혔던 겁대가리를 상실한 루켄스 자작가 병

사들과 같은 복장을 한 놈들.

"아, 안 됩니다! 이 상점은 저희 가족의 전 재산입니다! 이렇게 쫓아내면 저희 가족은 어디에서 살라 하십니까! 제발! 한 달만 더 기회를 주십시오! 오늘 가죽이 들어오면 그걸로 물건을 만들어 팔면 밀린 이자를 다 낼 수 있을 것입니다! 나으리들! 제발 살려주십시오!!!"

입을 얻어맞았는지 한 움큼의 피와 함께 이를 뱉어낸 남자가 무릎걸음으로 기사에게 기어갔다.

퍼억!

"크아아악!"

그러나 기어가던 남자의 얼굴을 그대로 쇠로 만든 정강이 보호대로 걷어차는 기사.

"여, 여보!!!!!!!!!!!!!!!!!!!!!!!!!!!!!!!"

"우아아아아아아아아앙! 이 나쁜 놈들아! 우리 아빠 그만 괴롭혀!!!! 우아아아아아아앙!"

피를 흘리며 바닥을 구르는 남자를 황급히 달려가 안는 여인과 세상이 떠나가라 울음을 터뜨리는 꼬맹이.

"돈을 빌렸으면 갚아야지. 누구는 땅 파서 먹고사는 줄 아나. 정 살 곳 없으면 루켄스님의 보호를 받는 농노로 들어오던가. 그러면 먹여주고 재워주고 몬스터로부터 보호해 주고. 얼마나 좋아. 크크크."

사악한 대사를 남발하는 더럽고 치사한 기사 놈의 웃음소리.

저런 놈이 기사 복장을 착용하고 있다는 것이 믿기지 않았다.

아무리 이곳이 무법지대라 하더라도 기사란 모름지기 주군께 충성하고 약자를 보호하는 것을 의무로 삼는 시대의 양심이어야 하거늘, 이건 악독한 사채업자가 따로 없었다.

"우리 아빠 왜 괴롭혀! 이 나쁜 놈들아! 우아아아앙!"

탕탕.

아무것도 모르는 여자아이가 기사에게 달려가 달걀만 한 손으로 기사의 갑옷을 두들겼다.

"어디서 버릇없는 계집애가!"

옆에 있던 병사가 들고 있던 창으로 어린아이를 후려쳐 갔다.

"그만 하시지!"

저 밑바닥 심장부터 끓어오르는 뜨거운 감정.

울컥 치밀어 오르더니 온몸을 뜨겁게 만들었다.

"뭐야! 허억……!"

"헛! 저, 저놈은!"

이제야 우리를 발견하고 기겁한 표정을 짓는 기사와 병사들.

탁.

그대로 말안장에서 몸을 날렸다.

퍽!

작렬하는 오른손 주먹.

"컥!"

한 주먹에 바닥에 나뒹구는 병사.

차장!

검을 뽑아 드는 기사.

퍼억!

"크악!"

그대로 뻗어나가는 깔끔한 뒷발차기와 처절한 비명.

퍼더더더더덩.

마나가 담긴 일격에 5미터를 붕 떠서 날아간 기사 놈이 바닥을 굴렀다.

"으으……."

순식간에 기사와 동료가 나가떨어지자 남아 있던 병사들은 얼굴이 새파랗게 질린 채 이를 딱딱거리며 부딪쳤다.

"가서 루켄스에게 전해라……. 인생 그따위로 살지 말라고."

"……."

벌벌 떠느라 대답도 못하는 병사들.

“꺼져.”

짧은 한마디.

말이 떨어지기 무섭게 후다닥 쓰러진 기사와 병사를 부축한 병사들.

뒤도 돌아보지 않고 줄행랑을 쳤다.

“여, 여보……. 흑흑.”

“미… 미안하오. 크윽…….”

얼마나 강하게 얻어맞았는지 얼굴이 새파랗게 멍든 남자가 여인의 손을 힘없이 잡고 미안하다는 말을 꺼내었다.

“우아앙…….”

어느새 부모에게 달려간 꼬맹이.

길바닥에 나앉은 세 명의 가족은 서로를 껴안고 울음을 터뜨렸다.

그리고 어느새 모여드는 덴포스 도시의 백성들.

모두들 얼굴을 굳힌 채 세 사람을 멍하니 보고 있었다.

어찌할 수 없는 거대 권력에 맞설 수 없는 힘없는 자들의 분노를 이를 깨물며 참으면서.

가슴 한쪽이 뭉클해져 왔다.

눈앞에서 벌어진 없는 자들의 슬픔.

고개를 들어 하늘을 보았다.

“제길…….”

그리고 흘러나오는 욕 한마디.
지지리도 밝은 저 하늘.
오늘따라 미워 보였다.

Chapter 43

풍운의 인생

“데르발, 내가 어떻게 했으면 좋겠는가…….”

창공단에 돌아왔다.

나 때문에 피해를 입을 것이 분명한 세 가족을 데리고 돌아온 창공단.

격납고 안에서 베베토의 다리를 쓰다듬으며 데르발에게 물었다.

불과 며칠도 안 되었건만 눈뜨고 볼 수 없는 이곳 네루만 평원 백성들의 삶.

몬스터들이 코앞에 몰려왔건만 피할 곳 하나 없는 극단 상황에 몰려 있는 이들.

"저는 주군이 좋습니다."

방법을 물었건만 돌아온 대답은 뜬금없이 내가 좋다는 말.

"언제나 밝은 얼굴을 하시고 계시지만 저와 같은 약자들을 위해 진심으로 걱정해 주시는 그 마음……. 그 마음이 해답이 될 것입니다."

선문답 같은 데르발의 조언에 가슴이 더 답답해 왔다.

'피카츄에게 전기세를 걸을 수 없는 것처럼, 이곳은 돈이 안 되는데……. 쩝.'

처음 이름을 들을 때부터 묘하게 땡겼던 네루만 평원이라는 이름.

그러나 내가 먹기에는 부담스러운 떡이었다.

쿠카카카.

"호호호. 베베토! 메롱~!"

와이번 베베토가 무섭지도 않은지 장난을 치며 노는 꼬마의 목소리가 들려왔다.

타다다닥.

"아저씨!"

격납고를 뛰어나온 꼬마.

나를 발견하고 환한 웃음을 지으며 달려왔다.

'아, 아저씨! 크으.'

스물도 안 된 새파란 청춘에게 아저씨를 선물한 루시아.

덥석 내 다리를 작은 팔로 껴안았다.

"잡았다. 호호호. 이제 아저씨가 술래예요."

조금 전까지 피투성이 아버지의 모습에 용감하게 기사에게 달려들던 루시아였건만, 어느새 세상 아무 근심 걱정 없는 맑은 미소를 짓고 있었다.

뭉클 가슴이 뜨거워졌다.

"루, 루시아… 어, 어서 물러나거라!"

어느새 나타난 루시아의 어머니.

루켄스 자작 병사들의 행패가 걱정되어 내가 루시아의 가족을 데리고 왔다.

그리고 오자마자 저녁밥을 장만하는 루시아의 어머니.

앞치마를 두르고 당황한 표정을 지었다.

"괜찮습니다."

"피이, 아저씨가 루시아를 얼마나 예뻐하는데. 그죠? 잘생긴 아저씨~!"

작은 키로 고개를 뒤로 젖히며 나를 올려다보는 금발의 꼬맹이 아가씨 루시아.

피어난 행복한 웃음꽃에 절로 마음이 따뜻해졌다.

"그럼, 루시아만큼 예쁜 숙녀는 내 평생 본 적이 없단다."

"우앙! 지금 루시아에게 청혼하는 거예요? 호호호. 그럼 루시아가 나중에 어른이 되면 아저씨에게 시집갈 거예요!"

"……"

초롱초롱 기쁨의 눈동자를 반짝이는 루시아.

녀석의 머리칼을 가볍게 쓰다듬었다.

"죄송합니다. 애가 아직 버릇이 없어서……"

공손히 고개를 숙이며 루시아의 엄마가 다가왔다.

"불편하시지 않습니까?"

내가 제공할 수 있는 공간인 이웃 격납고를 루시아 가족의 임시 거처로 내주었다.

"아닙니다. 아주 편합니다. 이렇게 마음 편하게 시간을 보낼 수 있었던 때가 언제인지 모르겠습니다……. 감사합니다, 나으리……"

손사래를 치며 감사함을 살짝 눈물로 대신하는 여인.

루켄스 자작의 행포를 알 만하였다.

"아저씨, 이제부터 우리 가족은 아저씨가 지켜주는 거예요?"

"응?"

엄마 손에 끌려가던 루시아가 궁금한 듯 물어왔다.

"아저씨는 스카이나이트잖아요. 나쁜 드래곤들과 몬스터들을 물리쳐 주는 스카이나이트! 돌아가신 할아버지가 그러셨어요. 스카이나이트는 우리의 꿈을 지켜주는 하늘의 수호기사님들이라고요!"

'꿈을 지켜주는 하늘의 수호기사…….'

쿵 하고 가슴속에 파고드는 루시아의 한마디.

"그럼, 주군께서는 분명히 루시아의 꿈을 지켜주실 거란다."

"그렇죠? 호호. 아저씨, 고맙습니다. 루시아가 얼른 커서 아저씨에게 시집가 줄게요."

꾸벅 절을 하는 루시아.

"으… 웅."

더 이상 맑을 수 없는 순수함이 가득 찬 루시아의 진심 어린 마음에 나도 모르게 고개를 끄덕여 버렸다.

'젠장… 돈도 안 되는데.'

썩은 미소가 지어지며 굳어버리는 얼굴.

앞으로 펼쳐질 험난한 미래가 제법 기대(?)가 되었다.

"적어도 10만 정병은 필요합니다. 거기에 더하여 대륙 일곱 개 마탑 중 한곳 이상의 적극적인 지원과 많은 양의 성수를 만들어낼 수 있는 신전, 그리고 대륙 거대 상단과의 관계가 우호적으로 변해야 합니다."

"10만 정병… 마탑, 신전?"

"그렇습니다. 그것도 최소한의 전력입니다. 네루만 평원은 대륙 그 어느 곳보다 위험한 곳. 그렇기에 바즈란 제국도 손을 놓으려 하는 것입니다."

'10만 정병? 그게 뉘 집 개 이름이야? 그리고 그 많은 병력들을 무슨 돈으로 충당해?'

"데르발, 듣기로 네루만 평원의 전 인구가 몇십만이라고 하지 않았나? 그런데 어떻게 10만 정병을 육성할 수 있지?"

돈도 돈이지만 일단 쪽수가 말이 안 되었다.

"그것이 문제입니다. 어느 누구도 미치지 않고서야 네루만 평원에 오려고 하지 않을 것입니다. 물론 해결 방안이 없는 것은 아닙니다."

말을 하다 말고 물끄러미 나를 보는 데르발.

"이거?"

손으로 동그라미를 만들어 보였다.

끄덕.

데르발이 가볍게 고개를 끄덕였다.

"대륙의 실력있는 용병들을 고용하면 병사 부분은 어느 정도 해결이 가능합니다."

"끄응……."

베베토를 타고도 거의 한참 이상을 비행해야 영지의 끝을 볼 수 있는 대형 땅덩어리.

지도를 보면 대충 좌우 넓이만 200킬로는 넘는 엄청난 대지였다.

그런 곳을 돈으로 처바른 용병들로 채울 수는 없었다.

'용병은 그렇다 쳐. 마탑이 미쳤다고 이곳을 도와줘? 그리고 돈도 안 되는 곳에 신전이 돌았다고 와?'

듣기로 네루만 평원에는 그 흔한 신전 지부조차도 없다고 하였다.

몇 년 전까지만 해도 몇몇 신전 지부들이 있었지만 집 잃고 배고픈 백성들이 계속 몰려들자 모두 조용히 사라졌다고 들었다.

한마디로, 털어봐야 먼지만 나는 이곳에서 신을 팔아 장사를 할 수 없었을 것이다.

"하지만… 주군이라면 가능하실 것입니다. 전 믿습니다. 저를 어둠에서 구원해 주셨듯이 이곳 네루만에도 평화가 숨 쉬는 대지로 만들어주실 것이라 말입니다!"

'켁!'

내가 무슨 선지자도 아니건만 맹목적인 충성과 믿음을 보이는 데르발.

'정말 이러다 이곳 영주가 되는 것은 아니겠지?'

전혀 예상도, 꿈도 꾸지 않았던 네루만 평원의 영주.

쬐금 마음이 동하기는 했었지만 블랙홀같이 내 돈과 열정

을 빨아먹을 이곳의 영주가 된다는 것은 꿀을 바르고 벌집 앞
에서 지르박 스텝 밟는 것과 같은 꼴일 것이다.

"먼저 이곳 창공단을 접수하셔야 할 것입니다. 다른 스카
이나이트들도 사용하지 않는 이곳 외인단을 주군의 저택으로
만들어야 합니다."

"어떻게?"

"가서 설득하십시오."

마치 이런 일을 예상하고 있었다는 듯 술술 대책을 내놓는
데르발.

"누구를?"

"명목상 창공단의 단주인 파베스 백작을 잘만 설득하면 될
것입니다."

"뇌물… 로?"

"네. 격납고 안에 있는 그 물건들이라면 충분히 가능할 것
입니다. 어차피 몇 달 안에 제국군이 공식적으로 물러날 것이
니 조금 빨리 인도를 받는다 해도 문제될 것이 없습니다."

'크윽.'

피땀 흘려(?) 벌어놓은 내 저축품을 뇌물로 바치라는 데르
발.

"그리고 예상대로라면 내일쯤 용병들이 모일 것입니다. 아
무리 루켄스가 두렵다 하더라도 돈에 굴복하는 자들이 분명

있을 것입니다. 어차피 다가오지 않는 내일 따위는 그들에게
별로 중요하지 않을 것이니 말입니다.”

　‘이럴 때 보면 냉정하단 말이야?’

　나에게는 절대적인 충성심과 존경을 보내면서도 다른 상
황에 대해서는 냉정함으로 평가하는 데르발이었다.

　“좋아. 창공단을 접수해 주지.”

　“훌륭한 결정이십니다, 주군!”

　해보지도 않고 생각만으로 물러서는 것만큼 어리석은 일
은 세상에 없을 것이다.

　어차피 길어야 100년의 삶을 사는 생명.

　못 먹어도 고였다.

　“그래, 무슨 일로 찾아왔는가?”

　가문의 기사와 사병으로 보이는 백여 명의 경비병들 속에
서 편안한 삶을 즐기고 있는 단장 파베스 백작.

　내가 찾아왔다는 말에 눈동자를 떼구루루 굴렸다.

　‘찔러도 피 한 방울 안 나올 것 같은 놀부 같은 놈!’

　아무리 외인 창공단이라 하더라도 제국에서 제법 쏠쏠하
게 돈이 나올 것이다.

　그런 돈을 모두 착복하고 나 몰라라 하는 파베스 백작.

　나를 그리 반기는 것 같지는 않았다.

"하하, 부탁이 있어서 찾아왔습니다."

"부탁? 나에게 부탁이라니……. 내 분명하게 자네에게 아무것도 지급할 수 없다고 말했을 텐데?"

부탁이라는 말이 나오자마자 눈살을 찌푸리는 파베스 백작.

'격정 마셔! 네놈 돈은 더러워서 안 빨아먹을 테니까!'

"듣기로, 곧 제국군 모두 제국으로 소환된다고 들었습니다."

"아마도… 그렇겠지."

"창공단을 제게 넘겨주십시오."

"창공단을?"

"그렇습니다. 그것도 오늘 당장 저에게 양도하여 주셨으면 합니다."

"크크. 루켄스 자작에게 밉보였다더니 이곳을 요새라도 삼을 작정인가?"

'알고 있었어? 썩을 놈. 진작 경고라도 해주던가!'

비릿한 조소를 머금은 파베스 백작.

화장실에서 만나면 똥통에 처박고 콱콱 밟아버리고 싶었다.

"밖에 약소한 선물이 준비되었습니다. 몇 달 뒤에 빈손으로 제국에 돌아갈 바에는 저 같으면 지금 물러나겠습니다."

"……?"

선물이라는 말에 눈을 반짝이며 궁금해하는 돼지 같은 백작 놈.

"호오!"

내가 가리키는 창밖을 보다가 감탄성을 터뜨렸다.

"마음에 드셨습니까?"

"…마음에 들기는 드네만, 저것만으로는……."

'이 새끼, 오냐오냐했더니!'

탐욕이 돼지 껍데기 기름처럼 지글거리는 백작의 눈탱이.

"싫으면 마십시오. 도시 밖에 보니까 비어 있는 요새들도 많던데."

사람 잘못 보았다.

말과 함께 문을 향해 몸을 휙 돌렸다.

"하하. 젊은 사람이 왜 이렇게 성격이 급한가! 좋네! 오늘 바로 창공단을 비워주지!"

'흥! 비워줘? 웃기는 짬뽕이군.'

제국에 돌아가면 족히 150만 골드 이상 받을 수 있는 와이번 미스릴 합금 마법 보호 장구.

지금은 어쩔 수 없이 아쉬운 상황이기에 뇌물로 줬지만, 내 가슴속에는 오늘부로 이자가 계산될 것이었다.

"그렇게 알고 물러가겠습니다."

"고맙네. 자네의 성의는 내 두고두고 잊지 않겠네. 하하하."

'성의? 오냐. 나도 네놈을 두고두고 잊지 않을 것이야!'

활짝 웃는 돼지 같은 파베스 백작.

놈의 낯짝을 머릿속에 깊이 메모리해 두었다.

언제 만나면 입고 있던 빤스까지 벗길 놈이라고.

"덴포스에 주둔하고 있는 루켄스 자작의 기사들과 병사들은 약 500명 정도라 합니다. 스카이나이트 팔미어라는 자를 중심으로 도시에 있는 자작가 저택에 머물고 있답니다."

"500명? 생각보다 얼마 안 되네?"

"도시의 치안은 형식적으로 주둔군 사령관의 병사들이 맡고 있지만, 루켄스 자작의 명령을 받는다고 합니다. 듣기로 사령관 휘하 본토 제국 정병들은 숫자가 몇천에 불과하고, 대부분 이곳 주민 출신인 징집병이라 합니다."

여기저기에서 정보를 물어온 데르발과 함께 루켄스 자작가의 전력 분석에 들어갔다.

"그렇다면 제국군이 물러간다면 그들은 자연스럽게 루켄스 자작가의 병력이 되겠군?"

"아마 그럴 것입니다."

"그런데 궁금한 게 한 가지 있단 말이야. 제국도 포기하는 이곳을 루켄스 자작이 왜 탐을 내는 거지? 아무리 열두 명의 스카이나이트가 있다지만 그 정도 전력으로는 몬스터를 상대하기 벅찰 텐데……."

"저도 그 점이 마음에 걸립니다. 제니스 남작가의 기사와 병사들에게서 그 점에 대한 답은 확실히 얻을 수 없었습니다. 다만……."

"다만?"

"해적들과 연관이 있을 수도 있다고 생각합니다."

"해적?"

파견 나온 제니스 남작가 기사와 병사들에게서 정보를 얻어낸 데르발.

비상한 머리로 무언가를 알아챈 것 같았다.

"격납고를 수리하던 목수들에게 들은 이야기에 의하면, 루켄스 자작이 강성한 세력을 얻자 해적들의 약탈 행위가 현저하게 줄어들었다 합니다. 그렇기에 이곳 주민들은 돈을 뜯기면서도 자연스럽게 루켄스 자작을 의지하게 되었다는 것입니다."

"음… 제국도 버리는 마당에 그나마 자신들을 지켜줄 자는 루켄스 자작밖에 없다 이거지."

"아마도 그럴 것입니다. 제국이 공식적으로 철군을 하고 나면 이곳을 수호할 자는 루켄스 자작 이외에는 대안이 없다 생각하고 있는 것 같습니다.”

‘무언가 냄새가 나는데…….’

갑자기 머리를 번뜩이며 스치고 지나가는 음모의 냄새.

세상에 믿을 놈이라고는 사채업자 두목 같은 루켄스 자작밖에 없는 현실.

어디 갈 곳도 없는 네루만 평원의 주민들은 죽으나 사나 그놈 말만 들어야 했다.

그런 상황에서 주변의 날뛰는 적들을 상대해야 하는 루켄스 자작.

머리에 총 맞지 않는 이상 혼자 이곳을 감당할 수 없을 것이었다.

‘뒤를 봐주는 무언가가 있다. 그 무언가가…….’

“해적들의 숫자는 얼마 정도 되지?”

“이곳 병사들도 자세히는 모른다고 합니다. 케스미르 1만 개의 섬들을 일일이 다 파악할 수도 없을 뿐만 아니라 과거부터 잡아간 영지민들 숫자가 십만 명이 넘어가고, 이곳 외에도 이 주변 해역의 모든 국가를 약탈하고 백성들을 잡아간 숫자가 거의 수십만 단위는 될 거라고 합니다.”

“수십만? 그렇게나 많아?”

21세기 첨단 과학 시대에도 소말리아 해적 놈들이 존재하지만, 그놈들하고는 차원이 달랐다.

　수십만이 넘는 사람들을 잡아갈 정도면 간이 배 밖으로 한참 나온 놈들이었다.

　"정확한 정보는 아니지만 행정학교에서도 해적들에 대한 악명을 들었습니다. 놈들은 해적이 아니라 거의 해상왕국 수준이라고 말입니다."

　"해상왕국?"

　"그렇습니다. 놈들은 십여 척에 이르는 와이번 공격선까지 운용할 정도입니다."

　"와이번 공격선?"

　난생처음 들어보는 범상치 않은 이름이었다.

　"한 척에 보통 여섯 마리에서 열 마리 정도의 와이번을 태우고 기동할 수 있는 대형배를 그렇게 부르고 있습니다."

　'하, 항공모함? 컥!'

　해상왕국으로 불릴 만도 하였다.

　일개 도적놈들 주제에 항공모함까지 운용하고 있다면 할 말 다 한 것이었다.

　"바다에서는 놈들을 상대할 자가 없습니다. 그렇기에 현재에 이르러서는 하일드리안 제국과 동대륙과의 무역에도 놈들이 깊숙이 개입하고 있습니다."

　'호오, 대륙간 무역까지!'

　누군지 몰라도 해적들 대장 놈이 머리가 비상한 것이 분명했다.

'그런데 그런 놈들의 공격이 뜸하다고?

"냄새가 나지 않아?"

"납니다. 그것도 아주 심하게 말입니다."

말뜻을 파악하고 있는 데르발과 눈이 부딪쳤다.

"자신있어?"

"저는 주군만 믿을 뿐입니다!"

마음이 통하는 이들끼리는 긴말이 필요치 않았다.

'루켄스 자작……. 잡아먹기에는 제법 크단 말이야.'

처음부터 악연으로 시작한 루켄스 자작.

이곳에서 살아남기 위해서는 놈과 타협을 하거나 놈을 꺾어야 했다.

하지만 절대 고개 숙이며 들어갈 수는 없었다.

기껏 자작 따위에게 고개를 숙이고자 했다면 지금껏 인생을 이리 어렵게 살아오지도 않았다.

"파베스 백작님과 병사들이 떠나고 있다 합니다!"

데르발과 이야기를 나누는 중에 급히 격납고로 달려와 보고하는 제니스 남작가 기사의 외침.

당황스러운 표정이 역력했다.

"알고 있다."

"네? 알고 있다니요……. 파베스 백작님이 떠나면 창공단은 저희들 힘만으로는 지켜낼 수가 없습니다.”

“뭐, 어차피 있으나마나 한 존재들. 차라리 잘된 일이 아닌가?”

“…….”

자신감이 팍팍 담긴 언어를 뱉어내자 말을 잃어버린 기사.

그도 그럴 것이 넓디넓은 창공단을 자신과 이십 명의 병사들로 수비한다는 것은 말이 안 된다고 생각할 것이리라.

“오늘부로 창공단은 본 카이어 준남작이 정식으로 인수받기로 했다네.”

“……!!”

뜬금없는 말에 눈을 크게 뜬 기사.

“제니스 남작에게 그리 전해주고. 두려우면 이곳을 떠나도 좋네.”

실질적인 도움도 별로 안 되는 고작 수십 명의 병사들.

쬐금 아쉽지만 돌아간다면 말릴 생각은 없었다.

“알겠습니다.”

마음을 추슬렀는지 고개를 짧게 끄덕이는 기사.

제니스가 제법 잘 키운 것 같았다.

“데르발, 잠시 나갔다 오겠다.”

“네?”

“따로 살 것이 있다.”

“하지만……”

명목상이라도 파베스 백작이 있었기에 병사들을 대규모로 끌고 와 행패를 부릴 수 없었을 것이었다.

창공단은 명백한 제국의 중요 건물이었으니 말이다.

하지만 자작이 떠난 마당에 놈들은 두려울 것이 없을 것이었다.

그리고 그전에 나름대로 준비해 둬야 했다.

쿠구구?

나간다는 말에 꾸벅꾸벅 졸고 있던 베베토가 눈을 뜨고 의사를 전달해 왔다.

“집 잘 봐라!”

그러나 베베토를 타고 도시를 활보하고 싶은 마음은 전혀 없었다.

‘그나저나 왜 한 놈도 안 보여?’

파격적인 내 제한.

머릿속에 여자하고 돈만 들어 있는 용병들이 뿌리치기 어려울 것이 분명한 미끼였다.

그리고 지금쯤이면 그 결과가 나타날 것이 분명했다.

“어서 오십시오. 일도리안 마탑 지부입니다.”

‘일도리안 마탑 지부라…….’

마탑 지부라 하더라도 차원이 달랐다.

제국 황도에 있는 으리으리한 마탑 지부와 달리 허접하기 그지없는 마탑 지부.

그나마 거리에 있는 마탑들 중에서 가장 쓸 만한 곳이었기에 안으로 들어갔다.

'4서클 마법사?'

로브 소매에 4줄의 황금 실이 수놓아져 있는 마법사.

오십대 중반의 4서클 마법사와 두 명의 수련 마법사가 지부 안에 있었다.

'물건들이 형편없군.'

황도에서 보았던 가우스 마탑과 확연히 비교되는 일도리안 마탑 지부.

파는 것보다 몬스터 사체나 마탑에 필요한 물건 구매에 중점을 두고 있는 듯, 지부 안에는 볼만한 마법 물품은 별로 없었다.

"이번에 새로 부임하신 카이어 준남작님이 아니신지요?"

대형 마탑의 4서클 마법사라면 어지간한 시골 귀족과 맞먹을 정도건만 조심스럽게 내 이름을 물어오는 마법사.

"그렇습니다만, 어찌 제 이름을……."

"하하. 오시자마자 덴포스에 이름을 자자하게 날리신 카이어님을 어찌 모르겠습니까."

너털웃음을 터뜨리는 마법사.

"뭐, 좋은 일은 아니지만 이름을 알아주시니 감사합니다."

내가 준남작의 귀족이지만 4서클 마법사는 준귀족 대우를 받는 존재.

경어를 사용하며 분위기를 화기애애하게 만들어갔다.

"그런데 어인 일이신지……. 혹시 와이번 마법 방어구를 파시려고……."

제니스가 물건을 팔 때 모여들었던 이들 중에는 상인들뿐만 아니라 마법사들도 있었다.

그렇기에 나에 대한 정보를 알고 있는 것일 터이다.

"아닙니다. 마정석과 가루를 구입하고 싶어서 왔습니다."

"마정석과 가루요?"

"네, 6등급 마정석과 하급 마정석 가루 10킬로 정도를 구입하고 싶습니다."

"헉! 10킬로요?"

마법진에 사용되는 마정석 가루.

상등품이 아닌 하급의 마정석 가루라도 10킬로라면 엄청난 양이었다.

"그것을 어디에 사용하시려는지요? 그 정도 양이면 마법진을 몇 개나 완성할 수 있을 터인데……."

놀람을 멈추고 의심스러운 눈동자로 묻는 마법사.

"이번에 용병 마법사들을 모집 중인데, 마법사가 모이면 방어를 위하여 알람 마법이나 몇 개 설치해 두려 합니다."

"아, 그러시군요. 그래도 10킬로면 1만 골드는 할 터인데. 괜찮겠습니까?"

'1만 골드? 와아! 이 생도둑놈들 봐라!'

워프 마법진이나 정교한 마법진에 사용되는 최상급 마정석 가루도 아닌 하급을 킬로당 만 골드나 부르는 마법사.

아무리 마법 재료들이 부르는 게 값이라지만 마정석과 달리 마정석 가루는 마정토를 걸러내어 얻을 수 있는, 쉽게 구할 수 있는 것들이었다.

그런 마정토가 있는 곳을 독점하는 마탑들의 행패.

속으로 열불이 났지만 아쉬운 것은 나였다.

'그래, 네놈들이 언제까지 나에게 눈탱이를 칠 수 있을지 지켜보마!'

"가격이 생각보다 저렴하군요. 즉시 결제할 테니 준비해 주십시오."

"원래 저희 일도리안 마탑은 대륙에 정직한 거래로 이름을 날리는 곳입니다. 특히 현 마탑주이신 아베이온 대마법사님은 '거짓을 흑마법사처럼 대하라' 라는 말을 신념처럼 삼고 계시는 분이십니다."

입에 침도 안 바르고 정직을 운운하는 놈.

21세기 정치인과 전혀 다를 바가 없는 가증스러움이 철철 넘쳤다.

'쯧쯧. 그러니까 네놈이 아직 그 나이에 4서클밖에 안 되는 것이야!'

나이를 제법 먹었기에 마법사로서의 성장 한계가 느껴지는 일도리안 마탑 지부장.

로브의 옷자락 사이로 보이는 두툼한 살점들을 보아하니 플라이 마법을 펼치다 추락사하기 딱 알맞아 보였다.

"아! 그러셨군요. 역시 대마탑을 운영하는 탑주님이십니다!"

돈도 안 드는 거짓말.

지부장의 말에 맞장구를 쳐주었다.

"여기 준비가 다 되었습니다. 다음에도 방문해 주시면 최선을 다해 모시겠습니다."

지부장과 대화를 하는 사이 수련 마법사들이 자루를 들고 왔다.

보석도 덩치가 제값을 받듯이 마정석도 어느 정도 크기와 등급이 있어야만 대우를 받았다.

"대금은 루비스 상단에 가셔서 제 이름을 말하면 줄 것입니다."

"네?"

"못 믿겠다면 지금 가서 받아 오십시오. 여기서 기다리겠습니다."

"아, 아닙니다. 이 정도를 가지고……."

현찰이 없다는 말에 잠깐 고민하던 지부장은 인심 좋은 척을 하였다.

설마 대마탑을 상대로 일개 스카이나이트가 구라를 칠 수 있을까 싶은 것이다.

"그럼 수고하십시오. 종종 찾아뵙겠습니다."

"살펴 가십시오."

거래가 끝났기에 서로를 향해 정중하게 예를 다했다.

아쉽지만 앞으로도 종종 만나야 할 관계.

인상을 쓸 필요는 전혀 없었다.

'이 정도면 대충 완성할 수 있겠군.'

알람 마법진 따위가 아닌 대방어 마법진.

방어 마법진을 생각하자 수백 개의 마법 진형이 거짓말처럼 떠올랐다.

'이가 없으면 잇몸으로 씹으면 되는 거야!'

창공단을 방어할 병사들이 없다지만 마법 트랩 몇 개면 어느 정도 안심할 수 있을 것이다.

다른 이들에게는 없는 나만의 마법 능력.

세상 두려울 것이 별로 없었다.

'이놈들 봐라…….'

지부 밖으로 나오자 느껴지는 몇 가닥의 시선.

나를 철저하게 감시하고 있었다.

'자식들이 쥐새끼들도 아니고.'

네루만 평원에 도착한 지 얼마 되지도 않았건만 이곳에도
널려 버린 적들.

풍운의 인생이 아닐 수 없었다.

Chapter 44

라이케르

'낡아도 너무 낡았어…….'

줄기차게 감시를 받으며 돌아오는 창공단.

덴포스 도시 한쪽을 차지하고 있는 거대한 창공단 외벽은 보는 것만으로 인상이 찌푸려졌다.

어지간한 대학교보다 더 넓은 부지였건만 손볼 곳 천지였다.

'돈도 없는데.'

그리고 모든 문제는 돈으로 귀결이 되었다.

'응?

파베스 백작도 떠난 마당에 그나마 어슬렁거리던 병사들
도 사라진 넓은 창공단.

안으로 들어서자 제법 많은 인간들의 모습을 볼 수 있었다.

'왔군. <u>흐흐흐</u>.'

매혹적인 미끼를 보고 군침을 삼키지 않으면 어찌 단순 무
식 지랄 발광의 대명사인 용병들이라 할 수 있단 말인가.

'한 놈, 두 놈, 오호! 벌써 백 명이란 말이야?'

베베토가 있는 격납고로 향하지 못하고 웅성거리며 뭉쳐
있는 한 무리의 패거리들.

'어라? 저자는……'

용병들을 흐뭇하게 보고 있는 사이 눈에 확 띄는 한 놈.

'길드장 아니야?'

용병 길드에서 심드렁하게 대답하던 얼굴 번지르르하던
길드장.

용병들을 이끌고 있었다.

"어! 와, 왔다!"

파바밧.

용병들 중에 한 놈이 나를 발견하곤 이내 소리쳤고, 용병들
이·일제히 나를 보았다.

'아이구, 귀여운 내 밥들.'

용병들은 나를 호구로 생각할 것이지만 내 눈에는 용병들

이 밥으로 보였다.

또각또각.

그러나 겉으로는 아무 내색도 하지 않았다.

천천히 말을 몰며 모르는 척 격납고로 향했다.

"……."

그렇게 용병들을 지나쳐 갔다.

"멈추시죠."

그때 들려오는 길드장의 조용한 목소리.

'평범한 놈이 아니야.'

마나도 제법 되는 자에다가 목소리에 담겨 있는 묵직함.

권위가 느껴질 정도였다.

"나를 불렀는가?"

'크으, 아무리 해도 적응이 안 된단 말이야.'

대한민국에 있어봐야 말도 많고 탈도 많은 고삐리 신분.

민증 잉크도 마르지 않았을 내가 갖은 폼을 잡는 기사 노릇 한다는 것이 쉽지 않았다.

불과 얼마 전까지만 해도 어머니에게 천 원만, 천 원만 애처롭게 구걸하고 아부하며 힘겹게 성장의 시간을 보내고 있었다.

그런 내가 긴 칼 옆에 차고 뭇사람들을 부리는 귀족이 되었다.

내가 들어도 오바이트 쏠릴 무게를 잡고서.

"어떻게 하시겠습니까?"

"뭘?"

길드장의 물음에 아무것도 모르는 척 시치미를 떼었다.

"목숨이 왔다리 갔다리 하시더니 이제 치매기도 있으신 것 같습니다. 하하."

'어라, 요놈 봐라?

대놓고 용병들 앞에서 나를 떠보는 길드장.

"지금 나를 모욕한 것인가?"

감정없는 목소리로 물었다.

"모욕이라니요~ 어찌 준남작 작위를 가지신 스카이나이트 기사님에게 한낱 용병이 모욕을 하겠습니까? 다만, 약속한 바를 아는지 물어봤을 뿐입니다."

머리색과 닮은 염색체의 맑은 블루의 눈동자를 소유한 길드장.

말과는 달리 입가에 살포시 조롱의 웃음이 담겨 있었다.

스륵.

말에서 내렸다.

스릉!

사뿐하게 뽑혀지는 검.

"……."

검을 뽑아 들자 긴장하는 용병들.

갑작스럽게 분위기가 험악하게 돌아가자 어찌해야 할지 서로 눈치를 보았다.

"얼마짜리야?"

"한 달에 1,000골드부터 시작해 보죠."

"상태 좀 보고."

"하하. 사양하지 않겠습니다."

용병 길드에서 보았을 때부터 범상치 않은 실력자라 느꼈던 길드장.

한 번 지그시 밟아줄 필요가 있었다.

'길드장이라는 놈이 뭐가 아쉬워 내 밑으로 들어오려는 것이지?'

용병들을 직접 이끌고 온 것이 분명한 이름도 모르는 길드장.

긴말이 필요없는 자였다.

차강.

'양손검?'

길드장은 롱소드도 아니고 레이피어도 아닌 그 중간 크기의 두 자루 검을 꺼내었다.

"10합이 넘어갈 때마다 위험 수당 1,000골드씩이 올라갑니다."

스스스스스.

검을 뽑아 들자 확연히 기도가 변하였다.

'마스터?'

30도 안 되어 보이는 나이에 마스터에 근접한 블레이드 기운을 풍겨내는 길드장.

의외였다.

"갑니다!"

파앗!

말이 끝나는 순간 어느새 공간을 갈라오는 검.

"탓!"

머뭇거릴 새가 없었다.

어느새 두 자루 검이 심장과 하반신의 소중한 곳을 향해 악랄한 이빨을 들이밀고 있었다.

카가강!

"와아아아!"

'주군!'

떼거지로 몰려온 용병들 때문에 신경을 바짝 쓰고 있었던 데르발.

무슨 이유에서인지 창공단 중앙 활주로에 모여 격납고로 다가오지 않았다.

그런 용병들 때문에 파견 나온 병사들과 긴장하고 있던 데르발은 기다리던 카이어의 모습에 안도의 한숨을 쉬었다.

이곳에 기사 한 명과 병사들 20여 명이 있다지만 백여 명의 용병들은 두려운 존재였다.

다른 곳과 달리 실력이 월등하다고 소문난 네루만 용병들.

소문에 강도질도 서슴지 않는다는 그들이었기에 긴장을 풀 수 없었다.

그런 용병들을 보고 있는데 믿음직스러운 주군이 나타났다.

'위험하다!'

둥그렇게 진을 짠 용병들 때문에 보이지 않는 주군의 모습.

그러나 들려오는 병장기 소음에 지금 주군이 위험에 처했음을 알 수 있었다.

"갑시다!"

"음…. 용병 길드장인 라이케르가 오다니."

데르발의 말에 기사 체이스가 신음을 흘렸다.

"위험한 자요?"

심상치 않음을 느낀 데르발이 황급히 물었다.

"자세히는 모르지만 몇 달 전에 무력으로 용병 길드장에 오른 인물입니다. 듣기로 일급을 넘어 특급 용병으로 불린다는 소문이 있습니다."

“트, 특급!”

블레이드 마스터나 6서클 마법사, 또는 상급 정령사에게만 붙는 특급.

실력만으로 왕국에서 작위를 받을 수 있는 강자들이었다.

“갑시다!”

자칫 주군을 암살하기 위하여 고용된 자일 수도 있다는 생각에 놀란 데르발.

멈칫거리는 체이스를 놔두고 황급히 달려갔다.

“가자!”

데르발이 무모하게 용병들에게 달려가자 기사 체이스가 병사들을 추슬렀다.

자신이 모시는 제니스 남작의 명령.

최선을 다해 애송이 스카이나이트를 보호하라 명받았다.

휘이익!

‘헛!’

처음으로 마주쳐 보는 쌍검.

정신을 집중할 수가 없었다.

머리를 노리는 검과 요사한 여우 꼬리처럼 허리를 물어오는 검.

캉! 캉!

‘힘이 가득하다!

쌍검으로 공격하기에 힘이 분산될 만도 하건만 전혀 그런 기색이 느껴지지 않는 길드장의 검.

오른손으로 베면 왼손은 찔러왔다.

빠르고 정확하고 힘이 가득한 검.

버티는 것이 용하였다.

서걱.

‘이런!’

정신없이 공수가 전환되는 와중에 가슴팍의 갑옷이 베어졌다.

미스릴 합금으로 만들어진 에어 플레이트가 힘없이 잘려나갔다.

진검의 날카로움에 더해진 블레이드.

죽을 수도 있었다.

‘……!!’

이를 악물었다.

마법을 사용해도 될 것이지만 그러고 싶지 않았다.

이에는 이, 검에는 검.

검으로 눈앞의 남자를 꺾고 싶었다.

위이잉.

내 마음을 알고 마나가 요동쳤다.

파앗!

눈부시게 빛을 더하는 블레이드의 푸른 빛깔.

"…마스터!"

"헉! 마스터 급의 블레이드다!"

새파랗게 블레이드가 검을 물들이자 구경하던 용병들의
입에서 놀란 음성이 터져 나왔다.

씨익.

용병들과 달리 입가에 묘한 미소를 머금은 길드장.

스으으웅.

놈의 검도 검푸른 바다를 닮은 파란 물을 머금어갔다.

'웅?

살짝 뒤로 자리를 물리고 검을 교차시키며 잡는 길드장.

'마스터만의 비기!'

느낄 수 있었다.

길드장이 마지막 한 수를 펼치려 한다는 것을.

'아놔! 왜 항상 목숨을 걸어야 하는 거야! 생명보험도 안
들었는데!'

위기의 순간에도 힘이 법이라는 이곳 규율이 마음에 들지
않았다.

눈을 부라린다고, 마음에 들지 않는다고, 실력을 테스트한
다고 무조건 검을 빼어 드는 이곳.

그나마 포돌이 아저씨가 지켜주는 대한민국이 그리웠다.

'나만의 것을 만들어야 한다!'

내가 취할 수 있는 최후의 검술.

내 것이 아닌 하이네스 가문의 비기.

오늘을 마지막으로 하고 싶었다.

사나이 존심이 있지 남의 것으로 내 목숨을 구걸하고 싶지 않았다.

"닷!"

짧은 기합이 귓가에 들렸다.

'온다!'

그리고 거리를 압축해 오는 두 자루 검.

쉬억.

검보다 먼저 유형의 기운이 그림자도 남기지 않고 날아왔다.

예상했던 대로 마스터만이 펼칠 수 있는 검.

마나가 담긴 검이 유형의 실체를 이루고 허공을 갈라왔다.

"블레이드 소드!"

"오오! 블레이드 소드다!"

용병들의 입에서 나오는 블레이드 소드라는 이름.

"얍!"

기합은 곧 날 선 정신이라는 관장님의 가르침.

힘껏 맑은 정신을 담아 기합을 질렀다.

파바밧.

스텝을 밟으며 나아가는 몸뚱이.

쉬쉬쉬쉬쉭.

특기가 되어버린 하이네스 가문의 그림자 검술.

콰광! 콰과광!

날아오는 길드장의 블레이드 소드를 한 치의 오차도 없이 막아내는 그림자 검.

챙!

"헉!"

이제는 완벽하게 세 개 정도를 만들어낼 수 있는 그림자 검.

길드장이 만들어낸 두 개의 블레이드 소드를 박살 내고 검 하나에 몸을 부딪쳤다.

쇄애애애애액.

빈틈없이 맞물려 돌아가는 톱니바퀴 같던 두 자루의 검 중에 하나가 비틀거리자 확연히 보이는 빈틈.

기회를 놓치면 병신.

혼신의 일격을 다한 일검이 사선으로 길드장의 어깨를 베어갔다.

까강!

짧게 울리는 검의 비명.

“…….”

부르르르르르르.

생사의 대적도 아니건만 상대방의 목을 향해 가차없이 펼쳐지는 살수들.

어느 틈에 쌍검으로 가위 같은 모양으로 내 검을 막아내고 있는 길드장.

무지막지하게 쏟아내는 내 마나에 얼굴이 빨간 홍시처럼 물들어갔다.

‘항복하시지?’

바들바들 떨면서 얼굴 가까이까지 들이민 검을 사력을 다해 막아내는 놈.

빨갛다 못해 새하얗게 질려갔다.

“져…….”

그때 튀어나오려는 졌다는 말.

갑자기 이대로 끝내기가 아쉬웠다.

지금 이 결과를 숨죽여 보고 있는 용병들에게 똑똑히 나를 각인시켜야 했다.

‘흐흐.’

속에서 터져 나오는 음흉한 웃음.

그리고 아직 남아도는 여유로운 마나.

그대로 오른발이 길드장의 가장 소중한 곳을 향해 조용하면서도 신속하게 뻗어갔다.

쉬익! 퍽!

무언가 묵직한 것에 닿은 발의 느낌.

"크, 크아아아아아아아아아아아아아아악!"

창공단을 울리는 길드장의 처절한 비명.

창그랑.

데굴데굴 데구루루루.

언제 검술 대결을 펼쳤냐는 듯 검을 떨구고 바닥을 안방 삼아 뒹구는 길드장.

"…으으."

"아……."

길드장의 처절한 고통이 남의 일이 아닌 양 보면서 신음을 흘리는 용병들.

"또 내 실력을 확인해 보고 싶은 용기있는 용병님은 없는가?"

승리자의 여유로운 미소를 머금으며 둘러싼 용병들을 보았다.

그러나 눈길이 닿기 무섭게 시선을 피하거나 고개를 숙여 버리는 용병들.

'자식들, 까불고 있어.'

돈을 듬뿍 주겠다면 알아서 모셔야 할 것이건만 나에게 들이댄 겁없는 영혼들.

땀을 뻘뻘 흘리면서 그곳을 잡고 아직도 뒹굴고 있는 길드장의 모습에 잃어버린 겁대가리를 찾은 것 같았다.

"주군!"

어느새 달려온 데르발.

"데르발, 저 녀석 코에 침 좀 발라줘."

"네?"

'안 깨졌나 몰라?

제법 묵직했던 길드장의 거시기.

지옥 구경을 열심히 하고 있는 놈의 모습에 살며시 걱정이 되었다.

'아씨……. 발길질 전까지 딱 열 수였는데.'

길드장의 남성으로서의 암울한 미래가 아닌 내 돈 1,000골드에 대하여.

"그럭저럭 쓸 만하네."

"100명으로는 부족하지만, 그래도 2교대로 돌리면 창공단 중요 부근은 방어가 가능할 것입니다."

라이케르라 불리는 길드장.

내 마지막 일격에 한참 후에야 정신을 차렸고, 패배를 인정하고 내 밑에서 일하기로 1년짜리 장기 계약서를 작성하였다.

그렇게 길드장이 계약을 하자 따라왔던 용병들도 서둘러 계약서에 지장을 상큼하게 찍었다.

'그래, 이제 좀 귀족 같구만.'

어젯밤까지 베베토와 함께 격납고에서 머물렀지만 파베스 백작이 물러난 이후 창공단 단장실과 사무실로 둥지를 옮겼다.

'썩을 놈. 중요한 것은 다 들고 갔네.'

단장실에 있던 쓸 만한 물건들을 다 들고 간 파베스 백작.

휑한 집무실이었지만 격납고보다는 백배 정도 좋았다.

"베베토는 가장 가까운 격납고로 이동 조치하고, 루시아 가족을 이곳으로 데려오도록."

"이미 조치해 두었습니다."

'정말 보면 볼수록 괜찮단 말이야.'

눈치 하나는 기차게 빠른 데르발.

이래서 사장이나 회장이 되면 비서를 두는 것 같았다.

자잘한 일들까지 신경을 안 쓰게 말이다.

"이게 다 내 덕분인 줄 아십시오. 특급 길드장이 움직였다는 소문이 쫙 퍼질 테니까 내일부터 뭉텅이로 올 것입니다."

다행히 알이 깨지지 않은 라이케르.

삐딱한 자세로 서서 자신의 공로로 떠벌렸다.

'확실히 깨버릴까? 저 정도 얼굴이면 내시로 써도 무난하겠네.'

아직 정신교육이 덜된 라이케르.

오늘부로 길드장이 아닌 1년간 내 고용 사병에 불과했다.

"좀 더 부탁하네. 잘되면 내가 크게 한턱 쏘겠네."

"정말입니까?"

"나를 믿게. 이래 봬도 거짓말 모르는 가정에서 정직하게 자란 사람이야. 큼큼."

내가 말하고도 무안했던지 헛기침이 나왔다.

그러나 틀린 말이 아니었다.

우리 집 가훈이 정직 아니던가.

다만 정직에 붙어 있는 조건들이 문제였지만.

"알겠습니다. 한번 믿어보겠습니다."

말과는 달리 전혀 믿음없는 눈길로 나를 보는 라이케르.

뭔가 확실히 보여줄 필요성이 있었다.

"그런데 자네는 왜 내 밑으로 왔는가? 자네 정도의 실력이라면 루켄스 자작이나 제니스 남작이 알아서 잘 모실 텐데."

사람을 앞에 대놓고 의심할 필요가 없었다.

묻고 싶으면 당당히 묻는 것.

그것이 내 방식이었다.

“흐흐. 재미있을 것 같았습니다.”

라이케르의 말에 몸이 흠칫 놀랐다.

‘이 녀석도······.’

밝은 블루빛 눈동자에 어리는 장난기.

처음 볼 때부터 낯설지 않았던 느낌이 바로 이 때문인 것 같았다.

‘노세, 노세, 젊어서 노세! 주의자!’

인생 복잡하게 살기보다는 주어진 환경에서 가장 재미있을 것 같은 것을 찾아다니는 노세주의자.

나와 같은 의식을 소유한 동료였다.

“아, 물론 돈도 짭짤할 것 같았습니다. 카이어님 몸에서 흐르는 알 수 없는 광채. 제 눈에는 재신 르미앙스님이 재림한 것으로 보였습니다.”

‘헐!’

거기에다가 대놓고 사람 속마음을 밝혀 버리는 진솔한 영혼을 소유한 것까지 나를 닮았다.

‘얼굴도 저만하면······.’

갑자기 생각나는 21세기 대한민국 드라마.

‘F5 송우비!’

내가 이계로 넘어오기 전에 선풍적인 인기를 끌었던 드라마 꽃보다 소년의 주인공 중 한 명.

능력 좋고 얼굴 잘생기고, 인생 까불거리며 사는 멋진 캐릭
터.

'그럼 나는… 강준표? 크크!'

한때 한도 무제한의 카드를 소유했던 귀공자 강혁.

준남작의 작위에 와이번을 소유한 대영주.

이곳에서 강준표가 되지 말라는 법은 없었다.

꿈은 꿈꾸는 자만의 것.

나는 내 꿈을 반드시 이루고 말 것이었다.

"좋아. 나를 그리 평가해 주니 고맙네. 그건 그렇고 자네는
이곳 네루만을 어찌 생각하는가?"

명색이 용병 길드장으로 지냈던 인물.

그의 냉정한 평가를 기대했다.

"여기요? 하하. 개판이죠. 내 살다 살다 이곳처럼 개판인
곳은 처음 봤습니다. 아직도 혼란을 겪고 있는 동대륙도 이
정도는 아니었습니다. 제일 강한 귀족이라는 놈은 욕망에 혈
안이 되어 있고, 사방은 시커먼 속을 알 수 없는 살벌한 적들
에, 땅 주인인 제국은 순결을 빼앗고 마음이 떠난 바람둥이
같고, 백성들은 굶주리고 헐벗은 곳. 캬아, 악신 케르마가 제
일 사랑하는 곳이 이곳이 아닐까 싶습니다."

밝은 웃음과 전혀 어울리지 않는 끔찍한 내용들.

라이케르는 웃으며 아무렇지 않게 이야기를 꺼냈다.

“그런데 자네는 왜 이곳에 왔는가?”

“저요? 글쎄요…. 술에 취해서 자다 보니까 이곳 항구에 버려져 있던데요……. 썩을 놈들! 분명 오페른 제국까지 삯을 지불했는데! 으드득! 잡히기만 해봐. 배를 확 불 질러 버릴 테니까!”

말을 하다 말고 살기를 활활 태우는 열혈청년 라이케르.

‘에휴, 말을 말아야지.’

얼굴만 멀쩡했지 정신이 왔다리 갔다리 했다.

정신병원에 넣어놓으면 최소 반년짜리 이상의 진단을 받을 것이었다.

“그건 그렇고 카이어님, 오늘 기분도 그런데 한잔 어떠십니까?”

“한잔?”

“흐흐. 다른 놈들은 모르는, 저만 가는 좋은 곳이 있습니다. 엘프 혼혈도 있고 얼음 제국의 차가운 계집도 있습니다. 어떻습니까?”

“……”

고용주인 나에게 향하는 끈적끈적한 눈길과 축축한 음성.

“나가.”

“헤헤. 부담스러우시면 가불이라도 좀……. 오늘이 외상값 갚는 날이라.”

‘에휴……’

외상 갚는 날이라는 말에 퍼뜩 머리에 스치는 생각 하나.

‘썩을! 나한테 온 이유가 설마 외상값 때문에?’

멀쩡한 얼굴에 쓸 만한 실력을 갖춘 뛰어난 인재.

그러나 머리에 든 것은 속칭 그것밖에 없었다.

“안 돼! 데르발, 내 허락 없이 절대 가불 같은 것은 안 돼! 그리고 계약을 어기고 도망가는 놈들은 베베토 식사거리로 내준다고 전해!”

“옝!”

잘못하다가는 시작도 하기 전에 엉망이 될 것 같은 내 커다란 계획.

정신 바짝 차려야겠다는 생각이 들었다.

‘그래, 모든 게 엉망인 곳에 믿을 놈이 누가 있겠어.’

“아씨……. 오늘 이라크츠 제국의 까무잡잡한 애들도 온다고 했는데…….”

축객령에 방문을 나서면서 안타까움을 절절하게 표하는 라이케르.

‘썩을 놈!’

갑자기 라이케르를 향해 욕이 튀어나왔다.

말을 하지 말던가.

갑자기 라이케르가 말하던 그곳이 어딜까 하는 아주 순수한 호기심이 가슴 저 밑에서 활활 타오르기 시작했다.

'엘프 혼혈… 얼음 미녀. 크으.'

한참 이성이 그리운 팔팔한 10대 청소년.

머릿속으로 부모님 몰래 보았던 수많은 야동들이 스르륵 상영되었다.

'바보 같은 놈! 두 번 정도는 물어보는 게 예의지!'

그리고 갑자기 라이케르를 향해 분노가 휘몰아쳤다.

예의도 모르는(?) 아주 싸가지없는 놈이라고.

Chapter 45
꿈을 지켜주는 수호기사

스슥, 스스슥.

밤이 깊어가자 점찍어둔 창공단 공간에 마법진을 그리기
시작했다.

'생각보다 어렵네.'

머릿속에 들어찬 수많은 마법진 중에 선택된 몇 개의 마법
진.

알람 마법 따위가 아니었다.

'전격 마법진, 윈드 커터, 파이어 월! 흐흐. 걸러들면 볼만
하겠어.'

정문이 아닌 창공단 벽을 타고 넘어오는 자들을 위하여 준비된 만찬.

부비트랩을 설치하듯 담장 밑으로 마법진을 완성해 갔다.

'한번 걸려들면 주변 10미터는 작살이 나겠네.'

성벽 위에 만드는 대방어 마법진과는 비교할 수 없지만 지금에 딱 맞는 마법진들이었다.

"휴우……."

밤부터 시작해 한 시간에 하나씩 완성해 나갔다.

다른 마법사가 이 모습을 봤다면 마법의 신이 재림했다고 할 수 있을 정도로 어마어마한 속도로 완성된 마법진.

머릿속에 들어 있는 마법 지식이 아니었다면 불가능하였다.

"속성공식으로 만들어진 마법진이라. 흐흐. 성능은 나도 장담 못하겠네."

파스스스스스.

마나를 끌어올려 마정석 가루로 이루어진 마법진에 안정화를 가하였다.

물이나 바람 또는 일정 이상의 자극에 쓸려가지 않도록 대지에 접합시켜 놓는 작업이었다.

"됐다."

은은하게 우윳빛으로 발광하다 빛을 감추는 마법진.

사사삭.

그 위로 흙을 뒤덮었다.

"며칠만 고생하면 대충 끝나겠네."

처음부터 강공으로 나오지 않을 것이다.

루켄스라는 작자가 멍청이가 아닌 이상 매력적인 나를 죽이려 달려들지 않으리라.

그 시간을 잘 활용해야 했다.

"문제는 병사들이 아니라 스카이나이트란 말이야."

1대 12.

귀신 잡는 해병들이 가끔씩 술 먹고 여자친구에게 구라칠 때 하는 말.

지금 딱 그 꼴이 내 상황이었다.

"스카이나이트 한 놈이 성안 저택에 있고, 다른 놈들은 가데인 성이라는 곳에 처박혀 돈 벌기 바쁘다, 이거지."

마음 같아서는 확 쓸어버리고 싶었지만 그건 아니었다.

나에게 당한 세 놈이야 방심해서 그런 것이지만, 세 명과 열둘이라는 숫자는 단위가 달랐다.

"곧 입질이 오겠지. 그전에 정신 나간 용병들을 확 휘어잡아야지."

여기저기서 굴러들어 온 네루만 평원의 용병들.

네루만 출신 중에 힘 좀 쓸 만한 자들은 정규 병사나 루켄스 자작이나 제니스의 사병으로 들어갔다 하였다.

그런 자들과 다른 용병들.

내 계획을 위해서는 꼭 필요한 자들이었다.

'그런데 꼭 여기 영주가 되어야 하나?

아직도 갈등 중인 내 마음.

아무리 계산기를 두드려 봐도 이곳은 답이 나오지 않았다.

돈을 벌기보다는 시간과 노력을 쏟아부어도 마이너스가 분명한 해답.

내가 예수나 부처 같은 성인도 아니고 손해 보면서까지 내 귀중한 인생을 낭비하고 싶지 않았다.

그러나 돌아가는 판이 내 불길한 생각과 맞아떨어지는 것 같았다.

'그건 그렇고, 새로운 검술을 하나 창안해야겠는데. 뭐 좋은 것 없을까?

남의 것으로 만족하기에는 자존심이 허락지 않았다.

넘쳐 나는 마나 덕분에 마스터 취급을 받고 있지만 무언가 부족했다.

'아! 별들 죽인다!

새로운 검술을 생각하며 하늘을 보자 보이는 시린 별빛.

하늘을 우러러 한 점 정도는 부끄러움이 있지만 두 점은 없는 나.

이름도 알지 못하는 수천, 수만 별들 속에 발가벗고 선 듯한 느낌에 빠졌다.

그중에서도 북두칠성처럼 나란히 일자로 자리 잡고 있는 아홉 개의 별.

쉬이이이잉.

'별똥……'

그 순간, 갑자기 한줄기 별똥이 저쪽 하늘을 가르고 순식간에 지나갔다.

자신의 존재가 언제 있었냐는 듯 흔적 하나 남기지 않고.

"고스트…… 메테오!"

입에서 갑자기 튀어나오는 두 마디.

"그래! 고스트 메테오!"

하이네스 가문의 그림자 검술을 바탕으로 머리에 그려지는 검의 모양.

모방은 창작의 어머니라는 말처럼 하이네스 가문의 검을 바탕으로 만들어질 나의 검이 환상처럼 떠올랐다 사라져 갔다.

스릉.

검을 빼어 들었다.

알 수 없는 흥분감이 온몸을 휘감았다.

그림자 검술과는 확연히 다를 나만의 검술.

'그래, 만들려면 아홉 개는 만들어야지!'

형체는 있건만 어느새 사라져 버린 별똥 같은 빠르기의 검술.

호랑이를 그리려 노력하는 자는 하다못해 고양이라도 그린다 하였다.

"고스트 메테오!"

자세는 중요치 않았다.

나와 같이 호흡하는 마나를 검과 머리에 담았다.

'그림자 검술보다 더 강력한 파괴력! 더 빠른 스피드! 더 강렬한 실체적 환상!'

흥분에 심장이 마약을 먹은 것처럼 팔딱거리며 뛰었다.

뛰는 심장을 진정시키며 깊숙이 숨을 들이켰다.

그리고 열리는 상단전과 중단전, 하단전.

마스터가 정확히 무엇을 의미하는지는 몰라도 하이네스 가문의 검술을 보고 똑같이 그려낼 수 있게 만들어준 나만의 호흡법.

일반적인 기사들의 마나홀과 차원을 달리하는 나만의 마나홀.

그것 때문에 다른 이들보다 쉽게 마스터의 검술을 흉내 낼 수 있었던 것이리라.

"고스트 메테오!!"

담벼락 옆에 있는 커다란 나무를 향해 힘차게 고스트 메테오를 외쳤다.

파바바밧.

머리에 그려지는 아홉 개의 별똥별.

슈우우우우우우욱!

활짝 열린 단전과 온몸의 세포.

그리고 허리춤에 형성된 통합 마나홀에서 빠져나가는 무지막지한 마나.

머리에 그려냈지만 놀랍게도 그림의 형상대로 뿌려지는 아홉 번의 칼질.

성! 성! 성! 쉬쉬쉬성!

검의 움직임에 따라 빠져나가는 블레이드 소드라 불리는 마스터만의 수법.

퍽! 퍽! 퍼버버버벅!

귓가에 들려오는 나직한 폭발음.

'…컥!'

그리고 갑자기 심장이 턱 막히며 숨이 막혀왔고, 온몸의 근육이 독사에 물린 듯 뻣뻣하게 굳어지는 느낌.

챙그랑.

갑작스럽게 찾아온 근육 경직에 검이 손에서 떨구어졌다.

'제, 제기랄……'

홀드 마법에라도 걸린 듯 온몸이 굳어버렸기에 입술도 움직일 수 없었다.

'마나공명!'

머리에 떠오르는 한 단어.

예전에 멧돼지 사냥을 할 때 겪어보았던 현상.

따다다다닥.

이가 따닥거리며 떨렸다.

그리고 냉기가 자르르 흐르는 몸뚱이.

'썩을! 그럼 그렇지!'

머리에 떠오르는 것까지는 좋았으나 나에게 아홉 번의 블레이드 소드는 무리가 분명했다.

'크으윽…….'

쑤시고 아프고 춥기까지 한 상황.

다행스럽게 극단까지 이르지는 않았는지 몸이 서서히 풀려갔다.

"휴우……."

그리고 잠시 후 빠져나간 마나가 마나홀에 들어차며 마나공명 상태에서 빠져나올 수 있었다.

"뭐야……. 아무렇지도 않잖아."

제법 오랜 세월을 살아온 아름드리나무.

내 목숨을 앗아갈 정도의 칼질에도 멀쩡했다.

“이상하네……. 그래도 검에서 블레이드 소드가 발출이 되었는데…….”

겉으로 보아 아무 이상이 없는 나무를 향해 다가갔다.

이상함에 나무를 스윽 손으로 만졌다.

퍽! 퍽! 퍼버버벅!

우드드드드드득.

“으아!”

손을 대는 순간 나무 내부에서 무언가 터져 나오는 묘한 소리가 나더니 순식간에 몇 개로 분리되어 버리는 나무.

넘어지는 나무를 피해 몸을 뺐다.

콰드드드드드드득.

파스스스스스스스.

나무가 쓰러지는 굉음이 울렸고, 곧 먼지가 사방에 수북이 날렸다.

“아, 아홉 개?”

먼지가 바람에 날리고 보이는 나무의 모양.

아홉 등분으로 쪼개진 나무가 가지를 파르르 떨며 쓰러져 있었다.

타다다다다닥.

“저쪽이다!”

그때, 굉음 소리에 놀란 순찰 용병들이 달려오는 소리가 들렸다.

2교대로 근무하기에 50여 명이 넘은 창공단을 맡아야 했다.

그렇기에 조금 늦게 달려왔다.

"하하, 하하하하하하하하하하!"

용병들이 달려오는 소리는 귀에 들리지도 않았다.

다만 내가 만들어낸 결과에 가슴이 시원하게 웃음을 터뜨렸다.

"카이어님! 무슨 일이십니까!"

나를 알아본 용병들 다섯 명이 무슨 일이냐 물어왔다.

'에구……. 그런데 만약 한 방에 안 죽으면?'

갑자기 찾아온 의문 하나.

온 힘을 다해 펼친 일격을 적이 피하거나 또 다른 적이 있다면 얼음땡이 되어버린 몸뚱이는 좋은 과녁이 될 것이 분명했다.

'마나가 부족해! 마나가!'

더군다나 이 정도 파괴력으로는 고수라 불리는 마스터들을 상대할 수 없을 것이었다.

6서클 장벽을 넘어야만 되었다.

잘난 사부의 복수를 위해서가 아니라 살아남기 위해서 반드시 넘어야 할 숙제.

용병들이 나와 나무를 바라보며 궁금한 표정을 지었지만 모른 척 지나갔다.

한 고비를 넘기면 다시 찾아오는 다른 고비.

아직 나는 한참 더 자라야 할 꿈나무였다.

"벌써 400명이 넘어가고 있습니다. 이대로 며칠만 지나면 1,000명은 모집할 것 같습니다. 짧은 시간 안에 이 정도 용병을 모으다니, 역시 주군이십니다!"

"뭐 이 정도를 가지고."

"아니야, 아니야. 카이어님이 아니라 네루만에서 영웅적 이름을 날리고 있는 용병 길드장인 나를 믿고 온 거지. 말이야 바른 말이지만 카이어님이 한 일이 뭐 있어? 돈 몇 푼에 루켄스 자작과 대항하려는 미친놈은 이곳에 별로 없어."

'헐.'

자기 자신도 그 몇 푼에 팔려온 주제에 대놓고 나의 공을 깎아내리는 라이케르.

언제 날 잡아서 정신교육대에 입교시킬 필요성을 강력하게 느꼈다.

"흐흐. 루켄스 자작 똥줄 좀 타겠군."

뭐가 그리 즐거운지 입가에 흐뭇한 미소를 머금은 라이케르의 잘난 얼굴.

그 말대로 루켄스 자작이 바빠질 것이 분명했다.

"주군, 이제부터 문제입니다. 용병들로 대충 숫자를 맞추었다고 해도 정규훈련을 받은 루켄스 자작의 사병을 상대하기는 버거울 것입니다."

똑똑한 데르발이 문제점을 짚어왔다.

'용병들을 단시간에 충성스러운 병사로 삼기에는 무리고……. 거기에다 제일 큰 문제는 와이번이란 말이야.'

두 배로 준다는 말에 호기심이나 돈이 급해 온 용병들이 태반인 상황.

이곳 맹주인 루켄스와 맞장을 뜨기에는 무리였다.

"라이케르 경."

"라, 라이케르 경이라뇨? 누가요?"

나의 부름에 혼자 좋다고 실실거리며 웃고 있던 라이케르가 눈을 동그랗게 뜨고 손가락으로 자신을 가리켰다.

"오늘부로 라이케르를 황제 폐하가 주신 귀족의 권한으로 임시 기사에 임명한다."

"켁!"

또박또박 힘주어 기사에 임명하자 숨을 켁, 하고 토하며 얼굴이 샛노랗게 변하는 라이케르.

"왜, 싫어? 싫으면 말해. 귀족 능멸죄로 즉참할 테니까."

귀에 걸면 귀걸이, 코에 걸면 코걸이.

만능의 마법지팡이인 귀족의 권위로 라이케르를 위협했다.

"그, 그게 아니라 저를 뭘 믿고 기사 작위씩이나……."

"괜찮아. 나도 그랬으니까."

"……."

"자, 그럼 라이케르 경은 지금 즉시 용병들을 통솔할 수 있도록 지도력을 발휘해 보도록! 네루발의 영웅인 경이 아니면 누가 몬스터 같은 용병들을 통솔할 수 있겠는가? 난 경만 믿겠네."

"……."

우거지상으로 변한 얼굴을 찡그리는 라이케르.

'크크. 꼬시다.'

감히 내 앞에서 잘난 척을 한 대가.

앞으로 빡시게 굴려주리라 마음먹었다.

"데르발 경도 임시 기사 작위에 임명한다."

"감사합니다! 주군!"

검을 제대로 사용도 못하는 데르발이었지만 기사 작위를 주었다.

엿장수 마음처럼 내 마음이었다.

"라이케르 경은 속히 나가서 용병들을 실력에 맞게 분류하게. 그리고 데르발은 오늘부터 늘어나는 용병들에 대한 병참을 비롯한 행정 처리에 최선을 다하도록 하게."

"명!"

"……명."

'흐흐. 이제 본격적으로 놀아보는 거야.'

현재 주어진 나의 삶.

신나게 신명나게 한판 놀아볼 생각이었다.

'오랜만에 비행이나 해볼까?'

오염되지 않은 살아 움직이는 네루만 평원의 대기.

한껏 날아올라 깊은 숨을 들이켜고 싶었다.

쉬이이이익 쉬이이이이익.

큰 날개를 펴고 바람을 이용하는 베베토.

에어 플레이트의 투구 사이로 바람의 노랫소리가 귓가를 울려왔다.

'엄청난 평원이야!'

어지간한 공국 정도 넓이를 자랑하는 네루만.

대산맥들에 둘러싸인 분지 형태로 그 넓이가 대단하였다.

'세 줄기 강이 합쳐져 로벤트 강을 이룬다. 그리고 강 주위로 펼쳐져 있는 평원. 작은 산들이나 구릉이 있지만 저 정도라면 과실수를 키우기에 적당한 높이. 개발만 하면 너끈히 천만 명은 먹여 살릴 수 있을 것이다.'

평원뿐만이 아니었다.

채굴이 중단된 산맥들의 광산이 수십 곳이고, 어족 자원 또한 풍부한 곳.

실로 신이 주신 축복의 대지가 아닐 수 없었다.

쿠에, 쿠케케케케!

다만 발밑에서 지랄 발광하는 오크들을 비롯한 각종 몬스터들만 빼고 말이다.

'저놈들을 싹 밀어버리고 요새를 건설하여 방어 연계가 가능하다면……'

비행 중에도 끊임없이 네루만 평원 개발에 대하여 생각하였다.

'스카이나이트들과 병사들을 체계적으로 투입하여 몬스터들을 산맥 쪽으로 몰아낼 수만 있다면 좋겠는데.'

깊숙이 내륙 평원 쪽으로 향하자 곳곳에 보이는 폐허가 된 인간들의 마을과 요새.

그곳을 차지한 몬스터들이 베베토를 발견하고 도망을 가거나 수군거리며 위험신호를 알렸다.

'저런 놈들이 수십만은 되겠군.'

평원이기에 수풀이 수북이 자라 있고 곳곳에서 뛰노는 몬스터들.

아이큐가 제법 된다는 오크와 고블린 등이 움막 같은 집을 지어놓고 집단을 이루고 있었다.

꾸오오오오~!

바깥 외출에 신이 나고, 자신을 보고 요란을 떠는 몬스터들의 모습에 업이 된 베베토가 갑자기 울음을 토했다.

'어? 저것들은 뭐야?

마나 스코프의 원리로 만들어진 투구의 눈동자로 보이는 광경.

'스카이나이트!'

다섯 마리가 떼를 지어 날아가고 있었다.

베베토와 나를 보지 못했는지 학익진의 모습으로 날아가는 와이번.

'루켄스 자작가의 스카이나이트들이다.'

네루만 평원에서 세 마리 이상의 와이번을 보유한 자는 루켄스 자작 한 명뿐.

사냥을 했는지 와이번의 날카로운 발톱에 끼여 있는 트롤들.

일가족이 잡혔는지 크기가 저마다 달랐다.

쉬이이이이이이익.

그러다 갑자기 나를 향해 방향을 트는 와이번들.

팟!

와이번을 조종하는 스카이나이트의 손에 블레스트 스피어

가 들려 있었다.

'이것들은 싸움의 매너도 모르나.'

절대적으로 분리한 상황.

처적.

양손으로 블레스트 스피어를 하나씩 잡아 들었다.

아무리 나 혼자라 해도 비겁하게 꼬리를 보이며 도망갈 수 없었다.

'엉?'

하지만 선두에 선 자가 손을 들어 올리자 스카이나이트들이 스피어를 거두었다.

'저자가… 설마 루켄스?'

평범한 회색 품종 와이번들 중에서도 머리 하나쯤은 더 커 보이는 거대 와이번을 몰고 있는 선두.

날개 달린 유니콘이 그려진 천을 가슴팍에 달고 있는 와이번.

쉬이이이이이이이익.

서로를 향해 날아가는 와중이었기에 순식간에 거리가 백 미터로 좁혀졌다.

쇄애애애애애애애애액.

'음……'

그렇게 마주쳐 가던 순간 오른쪽으로 몸을 트는 와이번

무리.

투구를 착용하고 있기에 얼굴을 보지 못했지만 일단의 무력시위였다.

쿠오오오!

자신을 향해 달려들던 와이번들의 모습에 기분이 언짢은 듯 나직한 울음을 토하는 베베토.

먹음직스럽게 날아가는 놈들의 엉덩이가 잠시 고민을 만들어냈지만, 참기로 했다.

사나이 강혁이 비겁하게 뒤통수를 칠 수는 없었다.

"참아. 오늘만 날이 아니야."

루켄스라는 작자의 면상을 제대로 보고 난 뒤에 한판 붙어도 늦지 않을 것.

어느새 멀찍이 날아가고 있는 놈들을 보며 고삐를 돌렸다.

"베베토! 저 자식들도 한 마리씩 꿰찼는데 네가 가만히 있으면 되겠어? 나에게 보여줘! 두 마리를 잡아 올릴 수 있는 너의 멋진 능력을!"

쿠오오오! 쿠오오!

말을 알아듣고 힘차게 울음을 토하는 베베토.

'쯧쯧. 단순하기는.'

사람이나 와이번이나 몇 마디 말로 부려먹을 수 있는 아부라는 고마운 존재.

근육이 팽팽하도록 힘차게 날갯짓을 하는 베베토의 역동
적인 느낌을 온몸에 받으며 대지를 바라보았다.

처음 본 순간부터 묘하게 땡겼던 네루만 평원.

녀석을 눈에 가득 담았다.

어느새 마음 깊은 곳에 자리 잡은 귀여운 녀석을 말이다.

쿠궁.

"와아아! 트롤이 두 마리다!"

"휘이이 휘이! 역시 스카이나이트야!"

베베토의 발톱에 찍혀 있다 지상에 내팽개 쳐진 트롤 두 마
리.

나와 베베토에게 대항하다 눅신하게 얻어터진 녀석들은
창공단 바닥에 얼굴을 처박고 있었다.

'엄청난 재생 능력이군.'

베베토의 발톱과 내 검에 찔려 힘줄이 잘려 나가고 상처가
제법 깊었건만, 푸른 피를 뽀글뽀글 뿜어내면서 어느새 상처
들이 아물고 있었다.

"상인들 들어오라고 해."

창공단을 점령한 후에 상주하고 있던 마법사들과 상인들
을 밖으로 쫓아냈다.

내 집이 된 이상 잡상인과 같이 살고 싶은 마음은 전혀 없

었다.

"대단하십니다! 트롤 두 마리를 잡아온 이는 지금껏 한 명도 없었습니다."

용병들이 몰려들며 놀란 눈으로 나와 베베토를 바라보았다.

'와! 그새 또 몰려든 거야?'

자기 급수의 두 배를 주겠다는 말에 꾸역꾸역 몰려드는 용병들.

라이케르의 말처럼 내가 아닌 길드장이었던 라이케르의 선전효과도 한몫했을 것이다.

크르르르르.

"허억! 트롤이 움직인다!"

"무, 묶지도 않다니! 으아아아!"

차자자장.

잠시 흐뭇한 눈길로 용병들을 보고 있는 사이, 기절 상태에서 깨어난 트롤들이 뻘건 눈동자를 빛내며 자리에서 천천히 일어나고 있었다.

그 모습에 화들짝 놀라며 무기를 빼어 드는 용병들.

블레이드 나이트가 아니라면 상대하기 어려운 대형 몬스터였기에 용병들이 기겁하는 것은 당연한 것이었다.

하지만 나에게는 사랑스러운 그 녀석이 있었다.

"밟아."

쿠오오오!

파라라락.

콰직 콰지직.

크에에에에에엑!

말이 떨어지기 무섭게 육중한 덩치와 강철 같은 발톱으로 반항하는 트롤 두 마리를 지그시 날아올라 밟아버리는 충실한 행동대장 베베토.

"……."

처절한 비명을 지르며 대 자로 뻗어버린 트롤.

베베토를 보는 용병들의 얼굴에 공포가 어렸다.

깔려 쥐포가 되어버린 것들이 트롤이 아닌 자기 자신이 되었다면 어땠을까를 상상할 것이 분명했다.

'흐흐. 밟을 때 확실히 밟아줘야지.'

눈으로 보기 전에는 잘 믿지 않는 인간의 못된 습성.

이 순간 용병들은 똑똑히 알게 될 것이다.

개기면 납작 트롤이 된다는 것을.

'응? 저분들은 또 누구셔?

내 명령에 따라 용병들이 창공단 입구로 달려갔고, 잠시 후 상인들과 재료 구입 마법사들이 몇 명 들어왔다.

그런데 그들뿐만이 아니었다.

6.25전쟁 사진 같은 것으로 많이 보았던 장면.

보따리 한두 개씩을 짊어진 난민 같은 백여 명의 가족 단위의 무리가 상인들 뒤를 뻘쭘하게 따라 들어오고 있었다.

"주군, 오셨습니까."

그때 데르발이 나타났다.

"저들은 누구인가?"

"그게……."

내 물음에 곤혹스러운 표정을 짓는 데르발.

"아저씨……."

데르발만 온 게 아니라 창공단을 놀이터 삼아 놀고 있는 귀여운 꼬맹이 루시아도 어느새 나타났다.

"루시아, 왜? 할 말 있니?"

다른 이들에게는 몰라도 꼬맹이 루시아를 보면 저절로 미소가 지어졌다.

"제 친구들하고 같이 살면 안 돼요?"

"친구?"

"저기요……."

손으로 난민들을 가리키는 루시아.

손길을 따라가자 루시아 또래의 아이들 몇 명이 눈치를 보며 쭈뼛하게 서 있었다.

"루켄스 자작에게 집에서 쫓겨난 이들입니다. 소문을 들었는지 아침부터 창공단 정문 앞에 저렇게 있었습니다."

"음……."

고리대금업자와 진배없는 루켄스.

보아하니 루시아 가족처럼 보호비나 돈을 빌려 자신의 집에서 쫓겨난 이들 같았다.

'죽일 놈!'

있는 놈들이 더하다고, 네루만 평원에서 근근이 죽지 못해 사는 이들에게서 돈을 착취하는 더러운 인간.

부글부글 속이 끓어올랐다.

"그럼~ 우리 루시아 친구라면 다 환영이란다."

"우아앙! 우리 아저씨 최고!"

'으으. 이놈의 아저씨 소리.'

이제 갓 열여덟의 팔팔한 청춘이 아저씨 소리를 듣는 기분.

당하지 않은 사람은 모를 거였다.

"이리 와. 우리 아저씨가 모두 같이 살아도 된데~!"

신이 난 목소리로 손짓하며 아이들을 부르는 루시아.

"주군께서 허락하셨습니다. 모두 이리 오십시오."

옆에서 지켜보고 있던 데르발이 못 믿겠다는 눈치를 보내는 사람들을 향해 힘차게 외쳤다.

"아이고, 나리, 감사합니다."

"흑흑. 고맙습니다! 고맙습니다!"

데르발의 말에 앞 다투어 내 발 앞에 무릎을 꿇는 사람들.

다른 곳과 달리 몬스터들과 해적들, 그리고 산맥에 둘러싸여 갈 곳도 없는 이들.

눈물을 흘리며 고마움을 표했다.

해줄 것이라고는 이슬을 피할 수 있는 빈 격납고를 제공하는 것밖에 없는데 말이다.

"데르발, 숙소를 배정해 주고 음식을 주도록. 그리고 창공단 수리나 기타 사람들을 쓸 곳이 있다면 이 사람들을 우선 채용하게."

"명!"

힘차게 대답하는 데르발.

얼굴에 기쁨이 가득했다.

"잠자리만도 감사한데… 일거리까지."

"네르미스님의 축복이 함께하실 것입니다."

'쌍, 루켄스 이 거지 똥구멍 같은 놈. 빨아먹을 게 없어서 저런 불쌍한 사람들 피를 빨아?'

보기에도 그리 영양 상태가 좋아 보이지 않는 이들.

더욱이 어른들과 달리 연약하기 그지없는 아이들은 무슨 죄가 있단 말인가.

데르발의 통솔하에 움직이면서 나를 향해 연신 고개를 조아리는 사람들.

마음 한쪽이 싸하니 아려왔다.

"호호. 아이튼, 저기로 가자. 베베토라고 아주 멋진 와이번이 있어."

"와아! 정말 우리 구경 가도 돼?"

"이제 오늘부터 우리 밖에서 안 자도 되는 거야?"

"그럼! 우리 아저씨가 다 알아서 해줄 거야~! 아저씨는 우리의 꿈을 지켜주는 기사님이시니까."

루시아 곁에 모인 또래 아이들.

루시아의 말에 초롱초롱한 눈동자로 나를 일제히 바라보았다.

씨익.

그리고 그런 아이들의 순수한 눈망울을 향해 미소를 날려주었다.

다른 이들은 몰라도 저 아이들에게만큼은 희망이 숨 쉬는 미래를 선물해 주고 싶었다.

꿈을 지켜주는 수호기사.

난 스카이나이트였다.

Chapter 46
오늘을 살아가는 자에게 필요한 것

"이곳 총사령관에 대해 알고 있는 것을 말해보게."

"야이크스 백작요? 천생 야전 사령관이죠. 마스터에 근접한 검술에 적을 보고 물러서지 않는 용맹함까지. 이곳에서는 야이크스 백작에 대하여 불만을 가진 이들이 하나도 없습니다. 지금도 최전방 요새에서 방어를 하고 있는 그가 있기에 이곳 사람들이 그나마 지금까지 숨을 쉬고 있으니까요."

물음에 확고한 음성으로 야이크스 백작을 향해 신뢰를 보내는 라이케르.

"제국 내에서도 유명합니다. 평범한 기사로 시작해서 백작위까지 이른 실력파 귀족입니다."

"그런 자가 왜 이곳까지 왔나? 백작위라면 제국 내에서도 무시할 수 없는 위치인데."

"야이크스 백작은 무력은 뛰어나도 정치력은 거의 없다고 보시면 됩니다. 본래 신분이 귀족이 아닌 일개 기사 가문 출신에 타고난 꼬장꼬장한 성품으로 귀족들 사이에서 따돌림을 당한 지 오래되었습니다."

데르발도 알고 있는 바를 말했다.

"내가 짐작하는 바와 다르군. 루켄스 같은 놈을 놔두는 작자라면 돈 밝히는 무능한 귀족인 줄 알았는데……."

"스카이나이트 때문에 그럴 것입니다. 야이크스 백작이 부임한 지 약 5년 정도 되었습니다. 그러나 함께 온 스카이나이트들이 해적과 테미르 종족 놈들과 전투를 벌이다 대부분 격추당하고, 지금 남아 있는 와이번은 백작이 타고 다니는 놈만 있습니다. 그렇기에 스카이나이트를 소유하고 있는 루켄스 자작을 놔두는 것일 것입니다."

'호오, 제법 정세 파악도 뛰어나단 말이야.'

여자를 밝히는 데만 능력을 보이는 줄 알았건만, 정세 파악 능력도 있는 라이케르.

하루 사이에 수백 명이 넘는 용병들을 실력대로 분리하였고, 그들을 통솔할 수 있는 백부장도 임명해 놓았다.

생각지도 못한 의외의 인재였다.

"지금 어디에 있나?"

"테미르 종족과 마수와 몬스터들의 출몰이 빈번한 북부 영지에 있을 것입니다. 그쪽 방향은 산맥이 보호하지 않는 뻥 뚫린 평지입니다."

"한번 만나보시겠습니까?"

라이케르의 설명을 듣고 데르발이 물어왔다.

집무실에 모인 야간 회의.

내가 할 수 있는 최선의 방편들을 찾아갔다.

"아니, 아직은……. 그건 그렇고 덴포스 치안과 방어는 총사령관 소속 병사들이 맡고 있는가?"

"그게 애매합니다. 성벽과 주변 중요 요새들은 총사령관 소속 병사들이 방어를 하고 있지만 도시 치안은 루켄스 자작의 병사들이 임의적으로 행사하고 있습니다. 총사령관과 모종의 합의를 한 것 같습니다."

"그럼 우리가 루켄스 자작 사병들을 공격해서 성에서 몰아내면 총사령관은 어떻게 나올 것 같은가?"

"글쎄요……."

"흐흐. 그건 걱정하지 마십시오. 총사령부 병사들은 루켄스 자작을 돕지 않을 것입니다."

라이케르가 알 수 없는 음침한 미소를 날리며 확신 가득한 말을 꺼내었다.

"왜?"

"이곳을 방어하고 있는 병사들은 대부분 이곳 토착 주민들입니다. 네루만에서는 성인 남성이 되면 용병이 되거나 자원입대를 합니다. 그렇지 않으면 가족들 입에 풀칠하기도 힘들기 때문입니다."

"루켄스 자작가의 사병들도 그런가?"

"아마도 그럴 것입니다. 여기 몰려온 용병들도 대부분 이곳 주민들입니다. 외부에서 온 용병들은 루켄스 자작과의 충돌을 원치 않습니다."

"그런데 왜 나에게?"

"분노의 폭발입니다. 자신들을 이렇게 만든 제국에 대한 원망은 참을 수 있지만 살아갈 수 없을 정도로 목을 죄여오는 루켄스 자작에 대한 원성은 이미 모두의 마음에 가득 찬 상태입니다. 그런 이들에게 카이어님은 희망입니다."

'어라?

라이케르의 눈동자에서 활활 불길이 일었다.

'의외로 정의심도 불타오른단 말이야.'

라이케르의 말투에 담겨 있는 뜨거운 분노에 속으로 감탄하였다.

제비족 사촌같이 보이는 얼굴과 달리 머릿속에 제법 괜찮은 생각들이 자리 잡고 있음을 알 수 있었다.

"크으! 결정적으로 루켄스, 이 더럽고 치사한 놈은 죽어도 용서하지 못할 대역죄를 저지르고 있습니다!"

"대역죄?"

그동안 참고 있었던 듯 비분강개한 음성으로 주먹을 움켜쥐는 라이케르.

대역죄란 말에 귀가 솔깃했다.

"이천 대를 때리고 한 대를 더 때리고 싶은 그놈이! 나의 성은을 받아 마땅한 여인들을 다른 곳에 팔아치우는 천벌받을 짓을 벌이고 있습니다! 인신매매라뇨! 아직 내 손길도 잡지 못한 꽃다운 여인들을…… 전 용서할 수 없습니다! 루켄스 그 작자를 몰아낼 때까지 제 영혼을 걸겠습니다!"

"……"

라이케르의 말이 끝나고 데르발과 나는 입을 턱하니 벌려야 했다.

루켄스를 저렇게 처절히 미워하는 이유가 단지 자신의 사랑을 받아야 할 여인들을 인신매매한다는 이유 하나 때문이었던 것.

'크으! 나중에 반드시 팔아버린다! 내 곁에 놔뒀다가는 위험해!'

그리고 마음먹었다.

　루켄스가 쫓겨나는 날.

　라이케르 저 작자도 노예로 팔아버리거나 쪽배에 태워 멀리멀리 쫓아내리라 굳게 다짐하였다.

　'이 정도라니……'

　"어이, 거기! 줄을 서라고!"

　"이제 격납고는 다 찼으니 밖에다가 천막을 쳐!"

　긴긴 밤 이것저것 생각을 하다 잠시 잠이 들었고, 그리고 찾아온 아침.

　해가 뜨기도 전에 밀려드는 난민들 때문에 창공단은 어수선한 하루를 시작했다.

　"용병들과 몰려드는 난민이 천 명을 넘어가고 있습니다. 당장 아침 먹을거리부터 부족합니다."

　난감하기는 데르발도 마찬가지였다.

　소문이 돌았는지 먹지도 입지도 못한 이들이 가족들의 손을 잡고 들어오는 창공단의 정문.

　용병들이 부산하게 움직이며 난민들을 정리하였다.

　"루비스 상단에 사람을 보내 필요한 물건들을 받아와. 그리고 쉴 곳과 먹을 것을 제공해 줘."

　"알겠습니다."

　얼마나 고생했는지 대부분 비쩍 마른 이들.

가난이 익숙해져 버린 덴포스의 그늘 아래서 힘들게 숨을 쉬고 있던 이들이 살고자 나를 찾아왔다.

그런 이들을 매정하게 쫓아낼 수 없었다.

'죽일 놈…….'

이 모든 사태의 원흉인 루켄스 자작.

차오르는 분노에 가슴이 차가워졌다.

"기사님! 저희 딸 좀 찾아주십시오!"

"흑흑……. 자비로우신 기사님, 가여운 제 딸을 찾아주세요……."

난민들 같은 사람들 중에 중년의 부부가 용병들에게 말을 묻더니 나를 향해 달려와 무릎을 꿇고 눈물을 흘리기 시작했다.

"무슨 일이십니까?"

"이, 이제 열여섯밖에 안 된 하나뿐인 딸인데……. 크윽. 루켄스 자작가 병사들이 보호비를 내라며 데리고 갔습니다! 기사님! 평생 종이라도 될 터이니 제 딸을 찾아주십시오. 노예로 팔려가기에는… 너무나 억울합니다!"

다 큰 아저씨가 눈물을 참으며 오열을 토했다.

"제 여동생도 찾아주세요!"

"기사님! 엄마를 찾아주세요!"

중년 부부가 무릎을 꿇자 기다리고 있었다는 듯 수십 명의 사람들이 달려와 눈물을 흘리며 자신들의 동생과 누이, 심지어 엄마까지 찾아달라고 울부짖었다.

'더러운 놈…….'

할 짓이 없어서 인신매매까지 하는 악당 루켄스 자작.

두 주먹에 힘이 바짝 들어갔다.

돈은 귀족들이 본래 그런다 치더라도 생명과 기본적인 인간의 존엄성을 위협하는 쓰레기 같은 작자.

더 이상 용서할 수 없었다.

땡! 땡! 땡!

"벼, 병사들이 몰려온다!"

"루켄스 자작가의 병사들이다!"

그때 갑자기 울리는 망루의 종소리와 용병들의 놀람이 담긴 외침.

쿠오오오오오오오오오오오!

"와이번이 나타났다!"

그뿐만이 아니었다.

저 멀리 점으로 다가오는 한 존재.

은빛 미스릴 방어구를 착용한 회색 와이번 한 마리가 날개를 펄럭이며 창공단으로 급속히 다가왔다.

"주군……."

데르발이 나를 보았다.

"으아아아! 우리를 잡으러 왔나 봐!"

"으아아아앙! 싫어! 노예로 팔려가긴 싫어! 으아아아아아앙!"

난민들이 와이번을 보며 비명을 지르거나 울었다.

지옥의 저승사자를 보는 것같이 얼굴에 죽음의 공포가 어려 있었다.

"뭐 해! 밥값 해야지! 저 새끼들 한 놈도 못 들어오게 정문을 콱 틀어막아!"

하프메일과 창과 검을 착용한 루켄스 자작가의 사병들이 척척거리며 정문을 압박해 왔건만 대항하지 못하고 우왕좌왕하는 용병들.

그런 용병들을 향해 기사로 임명된 라이케르가 소리를 빽 질렀다.

타다닥.

그리고 검을 뽑아 들며 정문을 향해 달려갔다.

우르르.

라이케르가 선두에 서자 수십여 명의 용병들이 그 뒤를 따랐다.

"반항하면 참살한다! 너희들은 지금 루켄스 자작님의 농노들과 죄인들을 불법적으로 감금하고 있다! 속히, 농노들과 죄인들을 내보내라! 그렇지 않으면 모두 죽이겠다!"

정문 앞에서 들려오는 마나가 담긴 외침.

"저, 저희를 버리지 말아주십시오!"

"기사님, 살려주세요! 끌려가면 저희는 다 죽은 목숨입니다!"

"우아아아아아앙!"

어른들과 아이들의 울음소리가 메아리쳐 울렸다.

아무 죄도 없이 그저 약하다는 이유만으로 개처럼 살아가는 이들.

마지막 남은 희망을 나에게 걸었다.

'버리지 않습니다! 절대로!'

무법지대와 다를 바 없는 네루만 평원.

예수나 마호메트 같은 선지자는 아니었지만, 마음속에서 살아 숨 쉬는 양심이라는 놈이 활활 타올랐다.

쉬이이이이이이익.

퍼어어억!

"헉……."

"아아아악!"

그렇게 나에게 애원하며 무릎을 꿇고 있는 어느 남자의 등판에 꽂히는 은빛 창.

강력한 힘이 담겨 있는 블레스트 스피어에 남자의 몸뚱이는 폭탄에 맞은 듯 산산조각이 나 터져 버렸다.

후두두둑, 사방으로 떨어지는 살점과 핏덩이.

순식간에 일어난 살인에 정신이 멍해졌다.

"아빠!!!!!!!!!!!!!!!!!!!!!!!!!!!!!!!!"

"여, 여보!!!!!!!!!!!!!!!!!!!!"

터져 나간 시체를 보고 오열하는 가족들.

툭 하고 머릿속에서 무언가가 끊어진 느낌이 들었다.

쉬이이익.

몸을 날려 베베토가 있는 격납고로 향했다.

'죽여 버린다…… 개새끼……!'

아무 힘도 없는 백성들을 향해 무지막지한 폭력을 행사하는 악의 종자.

블레스트 스피어를 던지고 창공을 한 바퀴 휘돌고 있었다.

방금 전 일어난 살인과 무관하다는 듯 한껏 여유를 부리며.

"날아! 베베토!"

쿠오오오오오오오오오!

덜덜 떨리는 분노에 목소리가 날카롭게 울렸고, 내 마음을 알아챈 베베토가 힘껏 날개를 펄럭였다.

'이노옴!'

베베토가 박차 오르기 전에 공격할 기회가 있었건만 멀찍이 돌아서 나를 기다리는 자.

후회할 것이다.

베베토가 나는 순간 더 이상 놈에게 행운 따위는 없을 것이었다.

'쓸어버린다.'

차자자장.

"막아! 다 때려잡아!"

"모두 참살하라!"

"와아아아아아!"

그동안 쌓인 것이 많은 듯 라이케르의 지휘를 받은 용병들이 정문을 향해 방패를 앞세우고 돌격해 오는 병사들을 맞이하는 모습이 보였다.

수백 명의 용병들이 있었건만 앞에서 싸우는 자는 기껏 100여 명.

적어도 3, 400명은 되는 루켄스 사병들과 수적으로 차이가 났다.

하지만 걱정하지 않았다.

라이케르 정도의 실력자를 상대할 자는 저놈들 중에 없을 것이기에.

'후후. 한번 해보자는 거지.'

주제 파악도 못한 와이번과 스카이나이트.

순식간에 고도를 높인 베베토의 정면에 자리를 잡고 있

었다.

팟!

그 순간 블레스트 스피어의 마법창에 불빛이 보였다.

나를 우습게본 행동.

스윽.

창을 하나 빼어 들었다.

쿠오오오!

베베토가 힘껏 울음을 토하며 놈을 향해 직선으로 날았다.

크아아아아!

놈의 와이번도 나를 향해 똑바로 날아왔다.

피할 수 없는 한판 승부.

두려움 따위는 없었다.

오직 머릿속에는 놈의 뜨거운 피만 그려질 뿐이었다.

'흐흐, 어리석은 놈.'

겁도 없는 애송이가 정면 승부를 택해왔다.

정보에 의하면 이제 와이번을 조종한 지 얼마 되지도 않는 수련생이라는 놈.

운 좋게 이종교배 와이번을 얻을 수 있었지만, 스카이나이트는 아무나 되는 것이 아니었다.

하늘에서 벌어지는 승부는 지상보다 더 냉정한 능력을 요

구했다.

비행 실력과 배짱, 거기에 와이번과의 친숙도.

이제 갓 와이번을 운용하는 애송이와 10년 동안 와이번과 동고동락을 한 자신과 비교한다는 자체가 우스운 일이었다.

'한 방에 보내주마!'

감히 겁도 없이 용병들을 모으고, 거기에 더하여 농노로 끌고 갈 놈들을 받아준 카이어라는 놈.

루켄스 자작에게 보고할 것도 없이 바로 병사들을 몰아왔다.

이 정도 사건이면 자신의 손에서 해결해야 할 일.

굳이 다른 스카이나이트들을 모을 필요도 없었다.

'좀 더! 좀 더!'

놈을 노려보고 있는 와중에 마법 투구로 보이는 거리는 약 1킬로.

멍청하게 덩치만 큰 놈의 와이번이 도망갈 곳은 없었다.

하지만 야생 와이번을 사냥하듯 루켄스 자작의 스카이나이트 팔미어는 거리를 더욱 압축해 갔다.

'지금!'

그리고 500미터 달하는 순간 힘차게 마나를 잔뜩 머금은 블레스트 스피어를 날렸다.

파앗!

마나의 궤적을 날리며 날아가는 은빛 블레스트 스피어.

'넌 죽었어! 애송이! 크크.'

회피 기동을 해도 절대 피할 수 없는 거리.

이미 스피어는 덩치 큰 황금 줄무늬 와이번의 심장을 향해 돌진하고 있었다.

"허엇!!!!!!!!!!!!!!!"

자신이 날린 스피어가 와이번의 심장을 꿰뚫을 장면을 상상하던 팔미어.

갑자기 와이번 앞에서 번쩍이는 푸른 빛깔에 비명이 토해졌다.

콰과광!

뒤늦게 귓가에 들려오는 폭음.

'마, 마검사!'

놀랍게도 자신이 날린 스피어가 무언가에 부딪쳐 지상으로 튕겨져 버렸다.

그리고 퍼뜩 머리에 그려지는 마검사라는 단어.

'위험하다!'

마검사라는 단어 뒤에 찾아온 등골 시린 공포.

그 순간 보였다.

직선으로 서로를 향해 마주 달렸기에 어느새 거리는 100미터.

애송이의 손에 들린 은빛 블레스트 스피어가 자신을 향해 겨누어져 있는 모습.

덜덜덜.

스피어를 다시 뽑아 들어야 하건만 머리를 하얗게 장식한 공포에 손을 바람에 떠는 나뭇잎처럼 떠는 팔미어.

파앗!

놈의 손에서 스피어가 공간을 가르며 날아오는 것이 보였다.

'안 돼!!!!!!!!!!!!!!!!!!!!!!!!!!!!'

100여 미터도 안 되는 짧은 거리.

자신을 향해 날아오는 스피어를 보며 내뱉은 처절한 마음의 비명.

콰직.

에어 플레이트를 뚫고 들어오는 묵직한 창.

파르르르르.

'제…… 기…… 일…….'

미스릴 갑옷 때문에 뚫고 지나가지는 못했지만 심장에 깊숙이 박혀 등 뒤로 비집고 나온 블레스트 스피어.

고통 따위는 없었다.

어느새 하얗게 비어가는 의식.

팔미어가 이 세상에서 마지막으로 남긴 기억의 파편이었다.

"베베토! 저놈을 찍어내려!"

크아아아아!

자신의 주인이 스피어에 관통당해 죽었음을 알지 못하는 회색 와이번.

거리가 가까워지자 비명을 토하며 스스로 몸을 틀어 지상으로 하강하였다.

그런 와이번을 찍어버리라는 명령을 내렸다.

쿠오오오오오오오오!

전투에 피가 끓어올랐는지 흥분한 베베토.

하늘이 들썩일 정도의 울음을 토하더니 회색 와이번의 등판을 향해 내리꽂혀 갔다.

쉬익 쉬이이이익.

베베토가 뒤에서 쫓자 꽁지에 불이 난 듯 도망치는 와이번.

콰직!

하지만 거의 두 배에 가까운 속도로 달라붙은 베베토가 날카로운 발톱으로 날개와 몸통이 연결된 부분을 찍어 눌렀다.

크에에에에에에에에에에에에!

갑작스러운 고통에 처절한 고통의 신음을 울리는 회색 와이번.

화득 화득 화드드득.

그런 놈을 찍어서 무지막지한 힘으로 하늘로 끌어 올리는 천하장사 베베토.

"허억……."

"저, 저럴 수가!"

지상의 전투는 치열하게 시작하기도 전에 멈췄다.

자신들을 이끌던 스카이나이트와 와이번이 죽고 패배한 모습.

"으아아아아!"

"후, 후퇴하라!"

루켄스 자작의 병사들이 비명을 지르며 사방으로 도망을 쳤다.

"와아아아아아아아아아아!!!!!!!!!!!!!!!!!!"

"카이어님이 승리하셨다!"

용병들과 백성들이 두 손을 번쩍 치켜 올리며 승리의 함성을 토했다.

"베베토! 내려가자!"

먼저 걸어온 시비.

이대로 멍하니 있다면 바보나 하는 짓이었다.

쿠오오오!

자신의 강력함에 신이 난 베베토.

바둥거리는 와이번을 끌고 지상에 착륙하였다.

쿠구궁.

능히 몇 톤은 나가는 와이번이 내동댕이쳐졌다.

"데르발! 라이케르!"

"명!"

가볍게 와이번을 잡아버리고 지상에 착지한 나를 향해 상기된 얼굴의 데르발과 라이케르가 달려왔다.

"용병들을 모아라! 지금 바로 덴포스를 접수한다!"

"……"

갑작스러운 파격적인 명령에 당황하는 두 사람.

"데르발은 도시를 수비하는 수비군에 귀족 간의 사적인 분쟁이 일어났음을 알려라. 그리고 라이케르는 용병들을 규합하여 나를 따르라!"

"며엉!"

"휘이이~! 명을 받들어 모시겠습니다!"

확실한 명령이 내려지자 휘파람을 불며 즐거워하는 라이케르.

"야! 애들아! 고용주의 명령이다! 루켄스 자작의 저택을 털러 가잖다! 모두 나를 따르라!"

다음 명령을 들을 것도 없이 알아서 척척 용병들을 선동하는 라이케르.

'루켄스, 단숨에 허를 찔러주지!'

이제 부임한 지 얼마 되지도 않은 내가 이렇게 큰 판을 벌이리라 상상도 못했을 루켄스 자작.

네루만 평원의 심장이라 할 수 있는 도시 덴포스를 내가 점령하리라 마음먹었다.

이왕 시작하는 한판.

크면 클수록 화끈하고 먹을 것이 넘쳐 날 것이었다.

"베베토, 가자!"

쿠오오오오오오오오~!

명령을 내리자 길게 울음을 토하며 긴 날개를 펄럭이는 베베토.

"다 쓸어버리자!"

"개자식들을 도시에서 몰아내자!!!!!!!!!!"

내가 보여준 한 판 승부에 힘을 얻었는지 우렁찬 함성을 지르는 용병들.

"움하하하! 오늘 저녁에는 승리의 파티다! 모두 돌격!"

"와아아아아아아아아아!"

두두두두두두두.

야생마들처럼 라이케르의 뒤를 따라 미친 듯 돌격하는 용병들.

'루켄스, 한번 붙어보자!'

한번 빼어 든 칼.

이제 남은 것은 맞장의 승부뿐이었다.

"뭐? 점령?"

"그렇습니다. 방금 들어온 보고에 의하면 카이어라는 애송이 준남작이 도시 덴포스를 무력 점령했다 합니다."

"무슨 말이야! 어떻게 그자가 덴포스를 삼킬 수 있어! 루켄스 자작가의 병사들과 팔미어가 있는데 어떻게?"

보호구역 순찰을 돌고 온 제니스에게 급박한 상황이 전달되었다.

"팔미어는 공중전 중에 사망. 자작가의 500병사들 중에 사망과 중상자 50명 정도, 400여 명이 투항, 100여 명이 도주했다고 합니다."

"……."

정보를 담당하는 기사가 차분하게 보고하였다.

"헐, 이런 말도 안 되는 일이……."

"크크. 평범한 애송이가 아닌 줄은 알았건만 단 며칠 만에 덴포스를 점령하다니……. 미치겠네."

몇 명 되지도 않는 스카이나이트였기에 언제나 붙어 다니는 제니스의 편대원 베르케스와 아티스안이 어이없는 표정을 지었다.

"미친……. 루켄스 자작이 가만있지 않을 것인데."

덴포스에 주둔한 루켄스 자작가 병사들과 기사들은 얼마

되지 않았다.

제니스 휘하의 사병들만으로도 충분히 덴포스를 점령할 수 있었다.

하지만 문제는 그 뒤에 닥쳐올 루켄스 자작의 맹공.

네루만에 주둔한 바즈란 정병들도 막을 수 없을 정도로 현재 루켄스의 전력은 막강하였다.

"잘된 일일 수도 있습니다. 어차피 이렇게 지내다가는 루켄스 자작에게 잡아먹힐 것이 뻔했습니다. 차라리 이번 기회를 발판 삼아 루켄스와 한판 승부를 벌이는 것도 나쁘지 않을 것입니다."

"주군, 베르케스 말처럼 어차피 몇 달 후면 벌어질 일이었습니다. 저도 이번 기회를 잘 살려 루켄스 자작에게 선전포고를 하는 것도 좋을 것이라 생각합니다."

제니스가 고심하는 사이 휘하의 스카이나이트들이 적극적인 공세를 전해왔다.

"루켄스가 문제가 아니야……. 놈 뒤에 그놈들이 있어. 단숨에 이곳쯤은 박살 내버릴 수 있는 그놈들이……."

고뇌하는 제니스의 눈동자에 살짝 두려움이 일렁였다.

루켄스 자작도 벅차건만 그 뒤에 있는 조력자.

라비테르 제국도 어찌할 수 없는 그놈들과 루켄스가 손을 잡고 있음을 요 근래 명확히 알아낼 수 있었다.

'카이어, 마지막 기회다. 나를 찾아와라……. 그래야만 네가 살 수 있다.'

그리고 생각나는 카이어의 얼굴.

대륙에서 드문 검은 머리칼을 소유한 엉뚱한 생각의 사나이.

제니스가 지금껏 실행에 옮기지 못했던 일을 단 며칠 만에 폭풍치듯 이룩해 버린 의문의 남자.

의심치 않았다.

스카이나이트를 비롯한 모든 전력에서 월등하게 밀리는 카이어가 자신에게 도움을 청해올 것임을.

"이 시간부로 비상체제로 돌입한다. 기사들과 병사들은 항시 출동 태세를 유지하도록!"

"명!"

덴포스에서 말을 타고 서너 시간 거리인 루켄스 자작의 본거지 가데인 성.

카이어가 도움을 요청하는 즉시 루켄스와 한판 승부를 벌이리라 제니스는 마음먹었다.

이대로 시간만 보내다가는 어차피 죽거나 도망쳐야 하는 현실.

이제 지금껏 갈아두었던 검을 빼 들 시간임을 본능적으로 알 수 있었다.

"포로 372명, 사망 57명, 도주자는 약 80명, 용병들의 피해
는 사망 1명, 부상자 7명입니다. 그리고 잡혀 있던 약 150명
의 사람들을 구출할 수 있었습니다."

순식간에 벌어진 루켄스 자작가 병사들과의 짧은 전투.

내친김에 소나기처럼 후두둑 덴포스를 점령해 버렸다.

그리고 이어지는 데르발의 보고.

지그시 눈을 감고 상황을 정리했다.

'계획보다 빨리 일이 벌어졌군.'

지금쯤이면 루켄스 자작의 귀에 덴포스의 전투가 전해졌
을 것이다.

내가 먼저 시비를 걸었던 것은 아니지만 이제는 누구 하나
죽어야 끝나는 치킨 게임에 돌입했다.

"또한 약 15만 골드의 현금과 갑옷을 비롯한 병장기 수백
벌을 취할 수 있었습니다."

'15만? 생각보다 짭짤하군.'

이곳이 이럴진대 루켄스 자작의 본성에는 얼마나 많은 돈
이 있을지 상상이 안 갔다.

"이제 어찌하실 생각이십니까? 루켄스 자작이 가만있지 않
을 것인데……."

보고하는 와중에도 얼굴빛이 가히 좋지 않은 데르발.

머리라는 것을 몸통 위에 달고 있는 자라면 지금 현실이 얼

마나 위험한지는 다들 알고 있을 것이다.

"어찌하긴! 다 조져 버려야지!"

승리에 고무된 듯 라이케르가 자신감을 팍팍 뿌렸다.

"데르발, 자네 생각은 어떠한가. 지금 이 순간에 내가 취해야 할 행동이 무엇이라 생각하는가?"

무식함이 철철 흐르는 라이케르와 달리 현명한 데르발에게 질문을 던졌다.

"현재 주군께서 취할 수 있는 방법은 세 가지가 있습니다."

"엥? 밀어버리는 방법 말고 세 가지씩이나 있어?"

"첫째, 덴포스를 중심으로 민심을 안정시켜 용병들을 비롯한 지원병을 받아 본격전에 돌입하는 방법. 둘째, 제니스 남작과 연합하여 루켄스 자작군과 일전을 벌이는 방법. 셋째, 깔끔하게 망명하는 방법이 있습니다."

데르발이라 해도 뾰족한 방법이 있을 리가 없었다.

"가장 실현 가능성 있는 방법은 그중에서 제니스 남작과 손을 잡는 방법이겠네?"

데르발의 말에 라이케르가 고개를 끄덕이며 최선의 방법을 말해왔다.

'제니스……'

제니스 남작의 강인한 얼굴이 떠올랐다.

'먼저 손을 내밀지는 않을 것이야.'

먼저 손 내미는 쪽이 그 사람 밑으로 들어가는 꼴이었다.

천하의 강혁이 사랑하는 여인이 아닌 여자 따위에 무릎을 꿇고 싶지는 않았다.

"문제는 빨리 끝내서야 한다는 것입니다. 곧 제국에서 공식 철군의 명령이 내려지면 네루만은 루켄스 자작에게 넘어가는 것이 기정사실입니다. 거기에 남겨진 2만이 넘는 이곳 자원병들이 루켄스 자작에게 넘어갈 것입니다. 그렇게 된다면… 답이 없습니다."

절대적 열세.

무슨 말이 더 필요하겠는가.

"그런데 주군……."

듣고 있던 라이케르가 조용히 나를 주군이라 불러왔다.

"무슨 할 말이 있는가?"

"다른 건 아니고……."

말을 하면서 머리를 긁적이는 라이케르.

"여기에서 뭐 하려고 그러는 거요? 곧 몬스터나 해적, 아니면 라비테르 제국 놈들에게 넘어갈 저주받은 평원을 어찌하려는 것이오? 대가리에 돌 맞지 않고서야 영주가 되려고 하는 것은 아닐 터인데."

내가 지금 하는 행동에 의문이 있었던 라이케르.

솔직하게 물어왔다.

“…….”

거기에 데르발도 궁금한 듯 바라보았다.

막상 의기가 넘쳐 올라 내 뜻대로 루켄스 자작이라는 벌집을 건드렸지만, 내 궁극적인 목표가 무엇인지 모르고 있었다.

“그냥.”

“그, 그냥이라 함은…….”

“라이케르 경, 그대는 길에서 맞닥뜨린 오크가 죽이려 덤벼드는데 방어하기 전에 이유를 따지나? 독화살에 맞아 생사를 헤매는데 누가 쐈는지 꼭 알아내고 치료를 받나?”

“그건 아니지만…….”

“나도 그래. 난 여기에 발령을 받았을 뿐이고, 루켄스라는 놈은 내가 이곳에서 살아가는 데 아주 위험한 놈이고, 난 살기 위하여 최선을 다할 뿐이야. 더 이상 이유는 없다. 우선 나를 살피고 그다음에 주변을 바라보는 것. 그것이 숭고한 희생 정신으로 살아가는 대사제가 아닌 평범한 인간이 살아가는 진정한 이유인 것이야.”

“…….”

방 안에 잠시간의 침묵이 흘렀다.

“데르발, 잡아놓은 와이번은 어디 있는가?”

“베베토의 격납고에 임시로 묶어놨습니다. 날개 상처가 상당해 어디 도망도 못 갈 것입니다.”

베베토의 강철 발톱에 힘줄이 찍혀 중상을 입은 와이번.

그냥 놔둘 수는 없었다.

"발 빠른 용병들이나 정보원들을 투입하여 루켄스 자작의 동태를 살피도록."

"명!"

내 말에 생각에 잠긴 라이케르와 달리 힘차게 명을 외치는 데르발.

내가 무엇을 하든 믿고 따라오는 데르발이었기에 많은 이유를 묻지 않았다.

그리고 나는 그런 데르발이 좋았다.

한 치 앞도 모르는 내일을 사는 인생들.

무슨 거대한 포부와 희망이 있겠는가.

그저 생각만 해도 행복한 꿈 하나와 그것을 향해 달려가는 힘찬 매일매일의 발걸음.

그거 하나면 족하였다.

그리고 꿈 이외에 남는 것들은 모두 사치.

오늘을 살아가는 자에게는 필요없는 장식품들일 뿐이었다.

Chapter 47
아이구, 인간아!

“충!”

중심 거점이 된 창공단.

루켄스 자작의 저택을 털고 돌아온 용병들이 나를 발견하고 어울리지 않는 군례를 올렸다.

쿠구구 쿠구구.

자신의 거처를 빼앗긴 베베토가 나직한 울음을 토하며 불만을 표시했다.

‘조금만 참아라. 니 똘마니 하나 만들어줄게.’

멀쩡하게 살아 있는 귀중한 와이번을 낭비할 수 없는 현실.

머릿속에 그려지는 방법 하나를 품고 격납고의 쪽문을 열고 안으로 들어갔다.

번쩍.

'이놈 봐라…….'

자신의 동반자인 스카이나이트가 죽고 자신 또한 깊숙한 상처를 당한 와이번.

내가 안으로 들어서자 살기 어린 회색 눈동자로 나를 노려보았다.

자신에게 닥칠 불행한 미래를 알지 못하고.

'암컷이군.'

수컷 와이번은 부리 부근에 닭 벼슬처럼 50센티 정도 되는 딱딱한 벼슬이 튀어나와 있다.

반면 암컷들은 밋밋한 벼슬의 흔적만이 보였다.

그리고 눈앞의 쇠사슬에 발목이 묶인 와이번은 암컷이었다.

쿠으으으…….

목청을 떨며 나를 살기 어린 눈동자로 노려보는 와이번.

씨익.

그런 놈을 향해 차가운 비웃음을 날려주었다.

'네 주인 놈은 죽어도 쌌다.'

검으로 중상을 입힌 적은 있었어도 지금껏 살인은 한 적이 없던 나였다.

그런 내가 난생처음 살인을 하였다.

생각보다 담담한 마음.

이 와이번의 주인 놈이 벌였던 천인공노할 살인에 비하면 내 행동은 양반에 불과했다.

그리고 결정적으로 놈은 나를 죽이려 했던 자.

내 행동은 정당방위였을 뿐이었다.

쉬이이이이익.

'헐!'

갑작스럽게 날카로운 부리로 나를 쪼아오는 놈.

찍히는 순간 구멍이 뻥 뚫릴 것 같은 일격.

터덕.

급히 몸을 뒤로 빼며 버르장머리없는 와이번의 공격을 막았다.

"왜 이래? 아마추어처럼."

입가에 싱그러운 미소를 머금고 자상한 표정을 지었다.

스윽, 손을 들었다.

쿠르 쿠르르!

쿵쿵!

손을 들어 올리자 자신을 공격하려는 줄 알고 지랄발광하는 녀석.

"사일런스!"

놈의 재롱을 보며 격납고 안에 사일런스 마법을 걸었다.

지금부터 벌어지는 일은 철저히 비밀로 부쳐져야 했다.

'흐흐흐… 넌 뒈졌어!'

와이번 정신개조작업이라 명명된, 내가 생각해 낸 와이번 정신개조작업.

마법사가 아니라면 꿈도 못 꿀 방법이었다.

"아프지? 베베토, 그 녀석이 무식해. 어떻게 레이디에게 이리 무식한 폭력을 휘두른단 말인가. 내가 한 짓은 아니지만 진심으로 사과한다."

대부분의 와이번들은 원숭이 정도는 넘는 지능을 가지고 있다 들었다.

그렇기에 인간이 말하는 대부분의 언어는 해석할 수 있을 것.

나는 상냥함을 가득 담은 목소리로 와이번에게 상처를 입힌 베베토의 무식함에 대하여 사과하였다.

……

나의 갑작스러운 사과에 발광을 멈춘 와이번.

그러나 말 한마디로 놈을 꼬실 수 있다는 것은 말이 안 되었다.

"못 믿겠지? 그래, 네 심정 이해한다. 내가 아니었다면 네

주인이 죽지도 않았을 테고, 너 또한 이런 수모를 당하지 않았을 것이지……. 하지만 어떡하냐. 너라면 자신을 죽이려는 자에게 웃으면서 죽음을 맞이할 수 있겠어?"

사람을 타이르듯 부드러운 어조로 내 행동이 정당하였음을 설파하였다.

"물론 죽음에 이르게 한 것은 미안하다. 내가 실력이 월등하거나 당황하지 않았다면 죽이지 않았을 수도 있을 것인데……. 그 점은 또 한 번 사과한다."

사부에게 배운 밑밥 던지기를 와이번에게도 시도했다.

이미 베베토에게도 통했던 방법.

난 지금 이 방법이 이 띨띨한 회색 와이번을 충분히 구워삶아 내 것으로 만들 수 있으리라 확신하였다.

"치유의 손길이여, 여기 나타나소서! 힐!"

눈을 껌벅이며 의심의 눈초리를 가득 보내는 와이번을 향해 힐 마법을 펼쳤다.

번쩍!

생명을 담은 노란 마나의 빛이 와이번의 전신을 감싸 안았다.

'썩을!'

거대한 덩치에 난 상처 때문에 2서클 기초 치료 마법이건만 거의 5서클에 이르는 마나가 빠져나갔다.

푸스스스스스.

약 1분여간 빛나는 마법의 치유력.

마법에 움찔거리던 와이번 녀석이 평안한 기운에 안심하는 듯 전신을 내맡겼고, 잠시 후 마법이 사라졌다.

'액설런트!'

베베토에게 당한 상처였건만 내 정성 어린(?) 마법에 완벽하게 상처가 치유된 와이번.

"미안함에 대한 내 작은 성의다."

자신의 상처가 순식간에 사라지자 놀란 와이번 녀석.

그렇지만 눈빛 속에서 독기는 아직 다 빠지지 않았다.

"그리고… 이왕 이렇게 된 것,. 내 밑에서 새 출발할 생각은 없니?"

병 주고 약 준 뒤에 회유 작전에 돌입했다.

쿠르르르르.

그러나 아직 나에게 원한이 남아 있던지 이를 드러내며 반대 의사를 나타내는 녀석.

"알았어. 굳이 억지로 네 마음을 돌리고 싶은 마음은 없어."

손을 펴서 안정을 시키며 사람 좋은 미소를 계속 지었다.

"곧 싱싱한 먹을 것을 줄 테니 주린 배부터 채워. 난 이만 간다."

이 상황에서 억지스럽게 저 띨띨이 와이번을 회유할 생각
은 없었다.

덜컹.

그리고 정말 아무 미련 없다는 듯이 격납고의 샛문을 열고
밖으로 나왔다.

쿠구구?

밖으로 나오자 귀를 쫑긋하며 격납고에 대고 있던 베베토
가 의문의 눈동자로 나를 보았다.

사일런스 마법 때문에 아무 말도 듣지 못한 베베토.

궁금함이 황금 눈동자에 가득했다.

'호호. 베베토, 잘 부탁한다.'

이제부터 베베토의 역할이 중요한 순간.

"이곳 근방 100여 미터 안으로 모든 이들의 출입을 차단하
라!"

라이케르가 용병들 중에서 제법 쓸 만한 이들로 세운 격납
고 경비.

"명!"

힘차게 대답한 용병들이 서둘러 100미터 밖으로 물러났다.

"베베토, 이런 말 해서 미안한데 너도 알아야 할 것 같아서
말한다."

말귀를 잘 알아듣는 베베토가 내 말에 귀를 쫑긋했다.

“안에 있는 회색 와이번이 방금 그러더라······.”

와이번 이야기가 나오자 눈동자를 도로록 굴리는 베베토.

“너··· 재수없데.”

“······.”

재수없다는 말에 잠시 말의 의미를 파악하며 고민하는 베
베토.

'재수없다는 말도 모르냐! 이 바보 멍청이 녀석!'

더 강한 자극이 필요한 순간.

“거기에 순종도 아닌 놈이 덩치만 크고 무식한 변태 와이
번이라고 하더라.”

···쿠오오오오오오오오오오!

이종 와이번이라 지금껏 자유를 억압받고 살아온 베베토.

순종과 변태라는 말에 황금 눈동자가 휙까닥 돌았다.

'오오오! 그래! 바로 그거야!'

돌아버린 눈동자로 격납고 문을 노려보는 베베토.

타다다닥.

드르르르륵.

말이 필요없었다.

후다닥 달려가 격납고 문을 활짝 열었다.

쿠오오오오오오오오!

쿵쾅 쿵쾅 쿵쾅.

지축을 울리며 안으로 돌진하는 베베토.

'베베토! 죽이지는 마라. 흐흐.'

문을 열고 돌격하는 베베토를 향해 음흉한 미소를 지었다.

드르르르륵, 쾅!

안으로 베베토가 들어가자 황급히 격납고 문을 닫았다.

쿠구궁 쿠구궁.

그리고 잠시 후 들려오는 지진이 난 것 같은 대지의 울림.

사일런스 마법 때문에 회색 와이번의 처절한 비명은 들리지 않았지만, 격납고가 우스스 흔들리며 힘들어하는 모습만 봐도 안에서 무슨 일이 일어나고 있는지 알 수 있었다.

'이제 슬슬 들어가 볼까?

한 5분여의 시간이 흘렀을까.

대지의 진동이 멈춤을 느끼고 격납고의 문을 열었다.

"베베토!!!!! 너 지금 무슨 짓을 한 거야!!!!!!!!!!!!!!!!!"

줄에 묶인 채 반쯤 정신을 놓고 있는 회색 와이번과 그 앞에서 혀로 피 묻은 발톱을 핥고 있는 베베토를 발견하곤 오버하며 버럭 화를 내었다.

'흐흐흐! 베베토, 넌 역시 복덩이야!'

큰 소리를 내며 베베토를 꾸짖으며 안으로 들어서자 사경을 헤매던 회색 와이번이 나를 발견하고 쿠억, 쿠억 울음을 토했다.

그리고 그 울음소리는 제발 살려달라는 목소리로 자동 해석되며 내 귀에 들려왔다.

"그래, 잘 생각했어. 우리 앞으로 잘해보자."
쿠우 쿠우우.
내가 손을 내밀자 부리로 조심스럽게 콕콕 찌르며 승낙의 표시를 하는 회색 와이번.
그 와중에도 불안한 눈동자로 격납고 문을 보았다.
언제 베베토 녀석이 쳐들어와 자신을 패 죽이지나 않을까 염려를 가득 안은 눈동자였다.
'역시 매 앞에서는 장사가 없단 말이야. 흐흐흐.'
단순한 베베토가 내가 들려주는 거짓말에 격납고를 부술 듯 들어가기를 다섯 번.
그때마다 베베토를 끌어내고 정성 어린(?) 치료 마법을 펼쳐 주자 회색 와이번이 나에게 백기를 들었다.
처음의 기세당당하던 자존심은 지나가던 개에게 줘버리고 온순한 양이 된 와이번.
지금 머릿속에는 베베토 나쁜 놈.
눈앞의 나는 자신의 구원자라는 생각밖에 없을 것이었다.
"며칠 안으로 새로운 주인을 데려올게. 그동안 푹 쉬고 있어."

쿠우 쿠우우.

아직도 불안한지 문을 바라보며 긴 부리로 내 몸을 비비는 녀석.

"걱정하지 마. 베베토 저 못된 깡패 같은 녀석은 다른 곳으로 데리고 갈 테니까."

부리를 비비는 놈의 머리를 쓰다듬으며 안심을 시켰다.

'흐흐. 와이번 한 마리를 습득하셨습니다!'

머릿속에 들려오는 기분 좋은 울림.

'도대체 돈이 얼마야?

와이번 값에다가 착용하고 있는 방어구까지. 이거 영지 하나 거저 얻은 포만감이 온몸을 짜릿하게 흘렀다.

'이제 나도 와이번이 두 마리다! 웁하하하하!'

이런 기세로 와이번을 획득한다면 대륙 정복도 문제없을 것 같았다.

"그럼, 내일 봐."

반갑게 마지막 인사를 나누고 쪽문을 열고 밖으로 나왔다.

쿠구구.

기다리고 있던 베베토가 머리를 들이밀며 애교를 부렸다.

"그래, 아구, 내 새끼. 오늘 잘했어~"

머리를 숙이는 베베토 녀석의 머리통을 기분 좋게 쓰다듬으며 토닥거렸다.

쿠우우우우우.

내 토닥거림에 기분이 좋아진 베베토.

어느새 녀석의 머리 뒤로 노을이 지고 있었다.

해가 뜨고 해가 지는 이 시간까지 벌어진 수많은 일들.

하루를 정말 보람차게 보낸 뿌듯함이 가슴을 저몄다.

"베베토, 우리 한번 날아볼까?"

쿠오오오!

콜이라 외치는 듯 기분 좋은 울음을 토하는 녀석.

휘익.

사뿐하게 베베토의 등 뒤에 올라탔다.

"가자! 베베토!"

베베토에게 채워진 고삐를 채웠다.

쿠오오오오오오오오!

힘찬 울음을 토하며 강인한 두 날개를 펄럭이는 베베토.

쉬익 쉬이이이이이익.

두웅 몸이 떠올랐고, 어느새 창공으로 치솟는 아찔한 기분.

"아……."

반쯤 고개를 대지에 처박고 있는 붉은 태양이 눈을 아리게
파고들어 왔다.

쉬이이이이이잉.

불어오는 한줄기 바람.

깊게 숨을 들이켰다.

그리고 눈을 감았다.

더 이상 깨끗할 수 없는 바람과 감은 눈 위를 아리는 밀감
빛 노을.

아무 생각도 나지 않았다.

다만 몸 안에 달라붙어 있던 모든 피로들이 사르르 바람에
날리는 느낌.

좋았다.

지금 이 순간 느끼는 감정을 그저 한없이 좋을 뿐이었다.

"팔미어가 죽었다고?"

"그, 그렇습니다. 뿐만 아니라 덴포스에 있던 병력들이 모
두 와해되었습니다."

"음……."

덴포스에서 말을 타고 서너 시간 걸리는 가데인 성.

성주 루켄스가 푸른 수염을 매만지며 인상을 살짝 찡그렸
다.

"제니스 남작인가?"

"아… 아닙니다."

"제니스가 아니라고? 그럼 총사령관이 직접 나섰는가?"

자신이 짐작하는 바가 아님에 살짝 놀라며 묻는 루켄스.

깡마른 인상의 루켄스의 눈동자에 의문이 가득 찼다.

"그자입니다. 새로 외인 창공단에 부임한 카이어 준남작이 범인입니다."

"뭐라고? 카이어 준남작? 그자 혼자서 팔미어를 죽이고 도시를 점령했단 말이야?"

흥분한 루켄스의 목소리가 파르르 떨렸다.

"혼자가 아니었습니다. 수백 명의 용병들이 그자 휘하에서 사병이 되었다 합니다. 주군께서 포섭하려던 용병 길드장인 라이케르라는 자와 함께 말입니다."

"……."

송구한 표정으로 올라오는 정보를 말하던 기사의 말에 루켄스가 입을 닫았다.

그리고 마수의 가죽과 각종 갑옷과 병장기로 장식된 집무실에 잠시간 침묵이 흘렀다.

"크크……. 애송이가 아니라 이 말이지, 애송이가……."

낮은 웃음을 흘리며 애송이라는 말을 읊조리는 루켄스.

오른쪽 눈 주위에 난 흉터가 웃음을 따라 일그러져 갔다.

"어떻게 하시겠습니까? 명령만 내리시면 내일 바로 덴포스를 탈환하겠습니다!"

루켄스 자작의 참모이자 수석기사 중의 한 명인 델바도가 힘찬 목소리로 자신감을 표하였다.

얼떨결에 당한 수모지만 가데인 성에 있는 전력이라면 식은 죽 먹는 것만큼이나 쉬운 일이었다.

"아니야… 그럴 필요 없어. 지금 우리에게 중요한 것은 애송이 하나 처리하는 게 아냐. 지금 중요한 일은 물건들을 무사히 넘겨주는 것. 만약 이번 수송이 실패하면 라비테르 놈들이 이곳을 점령하게 될 것이야."

"그것은 걱정하지 않으셔도 됩니다. 수송선단은 만반의 준비를 해두었습니다. 거기에 그들도 곧 출발한다 하였습니다. 주군께서는……."

"그걸 지금 말이라고 하나? 애송이 하나 처리 못해서 덴포스를 빼앗기고도 할 말이 있는가, 델바도?"

"아니, 그것은……. 전혀 예상치 못한 일이라……."

"예상치 못한 일? 크크크. 정말 웃기는 말이군."

웃고 있지만 집무실에 싸늘하게 감도는 기운.

그것은 바로 진득한 살기였다.

"내 인내심을 시험하지 마라. 경도 알다시피 난 그리 좋은 사람이 아니잖는가?"

꿀꺽.

부드러우면서도 조용한 루켄스의 경고.

델바도라 불린 중년 기사가 마른침을 삼켰다.

익히 알고 있는 루켄스의 성품.

여태 두 번의 기회를 부하들에게 줘본 적이 없었다.

그리고 찾아오는 실패에 대한 대가는 가혹한 처벌.

목숨까지 잃을 수도 있었다.

"목숨을 다 바쳐 최선을 다하겠습니다!"

고개를 팍 수그리며 힘차게 대답하는 델바도.

"수송이 완료되는 그 순간까지 방심하지 말도록. 만약 이번 일이 틀어지면 모두… 죽는 거야. 내 손에……."

파앗!

경고가 끝나기 무섭게 집무실에 회오리치는 묵직한 마나의 기세.

방 안을 밝히고 있던 굵은 등불이 기세를 이기지 못하고 팍 하고 꺼졌다.

이내 찾아오는 어둠.

루켄스 자작의 보이지 않는 권력처럼 방 안을 농밀하게 휘감았다.

"그러니까 루켄스 자작은 유일한 네루만 평원의 안전한 소통로라 할 수 있는 하비스 왕국과 연결된 남부를 점령하고 있고, 야이크스 총사령관과 그 휘하 병사들은 몬스터와 테미르 종족 연합 놈들의 공격이 심한 북부 지방을, 제니스 남작은 해안가를 맡고 있다, 이거지?"

"그렇습니다. 그런 세력의 중심이 바로 이곳 덴포스입니
다. 총사령관 휘하 테르나인 준남작과 수천 병력이 덴포스 성
벽과 주변 요새를 방어하고 있습니다."

'에휴, 생각지도 못한 전쟁놀이라니.'

국어, 영어, 수학, 그리고 기타 등등의 과목은 배웠어도 그
어느 곳에서도 이런 전쟁놀이를 고삐리에게 가르쳐 주진 않
았다.

아, 물론 국사 수업 시간에 대첩들을 몇 개 배운 적은 있었
다.

하지만 추상적인 대첩들과 현재 내 앞에 나타난 피 튀기는
전쟁판은 질적으로 달랐다.

패배하면 맨몸으로 쫓겨나거나 죽어야 하는 이곳.

아프리카 사파리에 내팽개쳐진 불쌍한 고등학생일 뿐이었
다.

"둘의 생각은 어떠한가? 루켄스 자작이 언제 쳐들어올 것
같나?"

거기에다 어울리지 않는 이 말투.

이제는 쪼금 익숙해졌지만 반 애들이 이런 목소리를 들으
면 날 집단 왕따시킬 것이 분명했다.

"마음만 먹으면 몇 시간 안에 이곳을 점령할 수 있습니다.
그러니 예측은 무의미합니다."

"맞습니다. 내가 이곳에 오래 있지는 않았지만 루켄스 자작의 속내를 아는 사람은 하나도 없습니다. 잔인하고 냉정하다는 것 외에는 다들 루켄스 자작이라는 이름만 들어도 오줌을 지릴 정도입니다."

'까다로운 성격이네.'

화끈하고 무식하다든가 음흉해서 기회주의자 같은 성격과 다른 잔인하고 냉정하다는 말.

그 말인즉, 루켄스라는 놈은 언제나 뒤통수 때릴 준비가 되어 있다는 말과 일맥상통하다는 말이었다.

"먼저 칠까?"

"주… 주군."

"크크. 마음대로 하십시오. 여차하면 제 한 몸은 빼낼 자신은 있으니까."

당황한 데르발과 달리 여유만만한 라이케르였다.

"총사령관을 한번 만나보십시오."

"야이크스 백작을?"

"오늘 루켄스 자작이 공격해 오지 않는다면 아마 며칠간의 시간적 여유가 있을 것입니다."

점쟁이 같은 말을 뱉어내는 데르발.

"그걸 자네가 어떻게 알아?"

라이케르가 데르발에게 물었다.

"짐작입니다. 냉정한 자가 덴포스의 중요성을 모를 리가 없을 것이고, 시간을 두면 주군과 제니스 남작이 서로 영합할 수 있음도 알 것입니다. 그런데 바로 공격하지 않는다면 여기보다 더 중요한 무언가를 처리하기 위함일 것입니다."

"오오! 그런 말도 안 되는 소리를 잘도 뱉는군."

라이케르가 야유를 보냈다.

"확률은?"

"아마도 90% 정도 될 것입니다."

근거없는 자신감을 보이는 데르발.

"아! 그러고 보니!"

그때 갑자기 라이케르가 무언가가 생각났는지 감탄성을 크게 터뜨렸다.

"얼마 전에 사냥을 나갔던 용병단 놈들이 한 말이 있습니다. 갑작스럽게 잠잠하던 루켄스 자작의 수송단 주변으로 사람들이 많이 움직이고 경비도 삼엄해지고 있다고 말입니다."

"수송단? 루켄스 자작에게 수송단도 있었나?"

"잘은 알지 못하지만 대양까지 항해할 수 있는 몇 척의 배들이 가데인 성에서 그리 멀지 않은 곳의 선착장에 매어져 있습니다."

'수송단? 바다는 해적들이 잡고 있다고 안 했어?

해적들이 판치는 바람에 고기도 근해에서밖에 잡지 못한

다는 네루만.

　로벤트 강이 수량이 풍부하지만 수송단까지 운용할 정도로 물동량이 많은 것도 아니었다.

　"수상하군요. 하비스 왕국에서 넘어오는 상단들은 대부분 육로를 이용한다 들었는데."

　라이케르 말에 데르발의 눈동자가 반짝였다.

　'호오, 이것 봐라.'

　정확히 무언지는 모르지만 루켄스 자작과 수송단이 서로 깊게 연관되어 생각되었다.

　자신의 안방이나 다름없는 이곳을 팽개쳐 놓을 정도로 중요한 그 무엇 말이다.

　"일단 오늘은 지켜보도록 하십시오. 잡아온 포로와 용병들의 편성, 그리고 덴포스에서 집을 잃은 주민들을 돌려보내야 하니 말입니다."

　꾸역꾸역 몰려오는 용병들과 집을 잃은 난민들의 행렬.

　소문이 어디까지 퍼졌는지 쉬지 않고 사람들이 창공단으로 밀려왔고, 이대로 있다가는 창공단이 아니라 난민 합숙소가 될 지경이었다.

　"그래, 그러도록 하지. 루켄스 자작에게 집이나 상가를 빼앗긴 이들을 모두 돌려보내. 그리고 용병들 중에 쓸 만한 이들이나 군 경력이 있는 자들을 선발하여 제국군 군편제에 맞도록 대충 맞춰봐.”

“명!”

“흐흐. 저만 믿으십시오.”

믿음이 철철 넘치는 데르발과 전혀 신뢰가 아니 가는 라이케르.

두 사람의 대답에 고개를 끄덕였다.

“저… 그런데 주군.”

“……?”

대답을 하며 밖으로 나가려던 라이케르가 갑자기 생각난 듯 은근히 주군이라 불러왔다.

“혹시 스카이나이트가 필요하지 않습니까?”

“스카이나이트? 그건 왜…….”

“헤헤. 실은 제가 한때 와이번 좀 몰아봤습니다. 그래서 말인데 어제 잡아온 회색 와이번을 제게 주시면 안 되겠습니까?”

‘어라? 비행면허도 있어?’

돈과 여자를 밝히는 호색한에 생긴 것과 다르게 무식한 말들을 뱉어내는 라이케르.

그런데 그가 귀족이나 접할 수 있는 와이번을 몰아봤다는 말을 꺼냈다.

“그놈이 조금 개길 테지만 저에게 맡겨만 주십시오. 그러면 며칠 내로 절대 충성하는 와이번으로 만들어놓겠습니다."

'아놔! 절대 충성?

와이번이야 그렇다 치더라도 절대로 믿을 수 없는 라이케르.

와이번을 팔아 술집을 전세 놓고 계집질을 할 인간이었다.

"…그건 생각 좀 해보지. 아직 바쁜 것도 아니니."

"하하. 그럼 저에게 맡겨주실 거라 믿고 이 라이케르는 이만 물러가겠습니다. 감사합니다, 주군~!"

절대 맡긴다는 말도 아니 했건만 혼자 김칫국을 마시며 윙크까지 날리는 라이케르.

'아이구, 인간아!'

그러나 이상하게도 밉지 않았다.

뭐랄까? 장난삼아 세상을 유랑하는 그런 유쾌함이 라이케르의 몸에서 흘러나왔다.

Chapter 48
야이크스 백작

"봐봐! 내 갑옷이 더 멋지잖아!"

"무슨 소리! 내가 입은 갑옷의 바느질이 더 촘촘하단 말이야!"

"뭐라고! 우길 걸 우겨야지!"

"왜, 꼬아? 그럼 한 판 뜨던가!"

아침나절이 지나도 루켄스 자작이 병사들이나 와이번을 이동시켰다는 소식은 들려오지 않았다.

그렇게 시간을 때우며 라이케르가 쓸 만하다 인정하는 용병들에게 정규 갑옷과 무기를 나누어 주었다.

‘에휴, 저 식충이들.’

별 쓸데없는 자존심을 걸고 주먹질을 하려는 용병들.

저들을 데리고 일을 꾸민다는 자체가 화약을 품고 불구덩이 속으로 들어가는 꼴일 것이다.

‘훈련을 받은 정규 병사들이 필요해.’

와이번을 비롯해 물자, 병사들까지 사방에 구멍투성이였다.

그리고 정규 병사들을 생각하자 자연스럽게 야이크스 총사령관이 움켜쥐고 있는 네루만의 정규 병사들이 생각났다.

‘돈도 없고 빽도 없고 거기다 작위도 안 되고⋯⋯. 어떻게 하면 병사들을 얻을 수 있지?

정식 귀족도 아니고 어정쩡한 준남작이라는 작위.

거기에 황도에 있는 귀족들과는 철천지원수가 되어 있는 나.

아무리 생각해도 사방이 불리한 것뿐이었다.

뻥!

“잡아!”

“막아! 이대로 질 수 없어!”

항시 출동 태세를 갖추고 베베토와 함께 단장실 건물이 있는 마당에 앉아 무질서의 용병들을 보고 있을 때, 가죽 속에 마른 풀을 넣어 만든 어설픈 공을 차며 아이들이 활주로를 뛰어놀았다.

어른들과 달리 먹을 것과 자는 곳이 안정되어지자 금세 기운을 회복한 아이들.

수십여 명이 요상한 가죽 공 하나를 놓고 신나게 활주로를 달리고 있었다.

“좋을 때다.”

체육 시간마다 수업하기 싫은 체육선생님들이 벌이는 공놀이.

공 몇 개 던져 주면 아이들은 저마다 팀을 짜고 잘도 놀았던 중학교 시절.

아이들의 순수한 모습에 마음이 흐뭇해져 갔다.

“저… 영주님.”

‘엥? 영주?’

아이들의 노는 모습을 보고 있을 때, 조심스럽게 들려오는 영주라는 말.

고개를 돌렸다.

‘루시아 어머니 아냐?’

제일 먼저 창공단에 합류한 루시아 가족.

내 식사를 담당할 요리사가 없기에 자연스럽게 루시아 어머니가 전속 요리사가 되었다.

그런 루시아 어머니는 따끈한 김이 피어오르는 먹음직스

러운 딸기 파이를 들고 있었다.

"영주님, 이것 좀 드세요. 요즘 딸기가 제철이라 아주 맛있답니다."

"하하. 감사히 잘 먹겠습니다. 그런데 루시아 어머니, 저는 영주가 아닙니다."

"말씀 편하게 놓으십시오. 그리고 영주님이 아니면 누가 이곳 네루만에서 영주 소리를 들을 수 있겠습니까. 저만 그러는 게 아니라 여기 있는 모두들 영주님이라 부르고 있습니다요."

"네?"

'영주? 크음, 뭐 나쁜 어감은 아니군.'

"오갈 데도 없이 농노가 되거나 노예로 팔려갈 저희들을 살려주신 이 은혜… 흑흑. 평생 잊지 않을 것입니다."

갑자기 진심 어린 고마움을 눈물로 표현하는 루시아 어머니.

"아닙니다……. 제가 뭐 한 일이 있어야죠."

"그런 말씀 마십시오, 영주님. 영주님이 아니었다면 이렇게 편하게 며칠도 못 살았을 것입니다. 매일매일 보호비를 마련하고 밀린 이자에……. 사방은 몬스터가 들끓어 갈 곳도 없지. 정말 루시아가 아니었다면 진작 저희 부부는 자살을 했을 것입니다."

당해보지 않은 내가 어찌 그 마음을 다 알겠는가.

그러나 죄도 없으면서 힘이 없다는 이유만으로 짐승과 같은 취급을 받으며 살았던 이곳 사람들.

듣는 것만으로 어느 정도는 상상이 갔다.

"잘 먹겠습니다. 하하. 그리고 걱정하지 마십시오. 제가 힘이 닿는 데까지 여러분들을 보살필 것입니다."

"고맙습니다. 저희들은 그저 영주님만 죽어라 따를 것입니다."

루시아의 어머니는 딸기 파이가 담긴 접시를 공손히 두 손으로 바치고 고개를 숙이며 극한의 예를 올렸다.

'딸기 파이 값이 장난 아니군.'

딸기 파이와 함께 받은 영주라는 이름.

받아 드는 접시가 상당히 무거웠다.

이제 영주라는 이름을 빼도 박도 못하고 들어야 할 것이었다.

두두두두.

"뭐야! 저 새끼!"

"막아! 정문을 틀어막아!"

"비켜라! 총사령관님의 전갈이다!"

그렇게 받아 든 따끈한 딸기 파이를 막 집어 들어 한 입 베어 물려는 순간, 갑자기 정문 쪽이 소란스러웠다.

　정규 병사의 갑옷을 착용한 자가 제국 깃발을 휘날리며 말을 타고 정문으로 진입하고 있었고, 할 일 없이 노닥거리던 용병들이 악을 쓰며 달려가 그 앞을 막았다.

　"여기 지휘관은 없습니까! 난 총사령관 소속 전령사입니다!"

　시커먼 용병들이 달려들자 놀란 병사가 큰 소리로 외쳤다.

　'아이고, 머리야.'

　막을 사람이 따로 있는 것이지, 제국 깃발을 들고 달려온 정규 병사의 앞을 막고 개소리 말라는 듯 당당히 앞을 막아서고 있는 용병들.

　머리가 지끈거리며 아파왔다.

　"야! 돌대가리들아! 총사령관님의 전령이라잖아!"

　뭐 하다 달려왔는지 갑옷도 걸치지 않은 라이케르가 용병들을 석두 취급하며 길을 터주었다.

　"스카이나이트 되시는 분은 급히 명을 받으라는 전갈입니다. 어느 분이 스카이나이트십니까!"

　급박한 일인 듯 말을 타고 창공단에 들어온 전령은 스카이나이트를 찾았다.

　그리고 그 말에 모든 이들의 시선이 나에게 향하였다.

　"저기 앉아 파이를 드시는 팔자 좋은 분이 스카이나이트요."

멀리서 정확히 나를 가리키는 라이케르.

"이랴!"

100미터 정도 거리였건만 말을 몰아 달려오는 전령.

히이이잉. 터더덕.

급박하게 말에서 내려서더니 명령서를 전해왔다.

"지금 테미르 놈들이 대거 남하한다는 급보입니다. 스카이 나이트들은 지체없이 총사령관 각하께서 계시는 오라크 성 평야로 오라는 연락입니다. 바로 출발해 주십시오!"

제국군 정규군만 사용할 수 있는 통신구를 사용해 명령이 전달된 것 같았다.

'테미르 놈들이?

말로만 들었던 야만 종족 테미르 종족 놈들의 남하.

그러나 문제는 나 또한 루켄스 자작의 공격에 직면해 있다는 것.

짧은 순간 빠른 판단이 필요했다.

'한판 뜨고 싶었다면 진작 공격해 왔을 것이다.'

마음을 정했다.

어차피 루켄스 자작이라 하더라도 덴포스 전체를 공격할 수는 없는 법.

스카이나이트들이 동원된다면 일단 흩어져 있으라 명령을 내리면 그만이었다.

"라이케르!"

"네! 주군!"

와이번에 대한 욕심 때문인지 잘도 주군이라 답하는 라이
케르.

"루켄스 자작군이 오면 전부 흩어져서 기다려. 나 잠시 갔
다 올게!"

"여기는 저에게 맡기시고 마음 푹 놓고 다녀오십시오!"

정문에서 활짝 웃으며 큰 소리로 대답하는 라이케르.

목소리가 힘찼건만 전혀 마음속에 믿음으로 와 닿지 않았
다.

"베베토, 출격이다!"

상시 출격 채비를 갖추고 있는 베베토.

쿠오오!

출격이라는 말에 졸다가 퍼뜩 깨는 녀석.

휘이익.

베베토의 등 뒤에 올라탔다.

철컥철컥.

채워지는 안전벨트.

"렛츠 고!"

쿠아아아아아아!

힘차게 울음을 토하는 베베토.

쉬이이이이이이익.

날개를 펄럭이며 급속으로 지상을 이륙했다.

'흐흐. 출격할 때마다 돈이라 했지.'

모든 것이 돈으로 통하는 이곳.

놀면 뭐 하겠는가.

젊었을 때 한 푼이라도 더 벌어야 늙어서 고생하지 않는 법이었다.

그리고 나는 미래를 위하여 투자할 줄 아는 건실한 대한민국의 건아였다.

"각하! 피하십시오!"

하늘을 가득 메운 약 30여 마리의 와이번.

그런 와이번들의 발톱에는 작은 돌덩이와 커다란 통나무들이 매달려 있었다.

"피, 피해!"

"으아아아아아아아!"

화살이 닿지 않는 높은 상공에서 지상에 있는 병사들 머리 위로 달고 있던 물건들을 떨구는 와이번.

쿠구궁! 쿠구궁!

"크아아아아악!"

"아아아아아악!"

두 눈을 멀쩡히 뜨고도 떨어지는 바위를 피할 수 없었다.

마나를 수련한 기사도 아니고 평범한 일반 병사들.

공포에 눌려 들고 있던 방패로 막아보지만 방패와 함께 피곤죽이 되어 바닥에 널브러져 있었다.

"각하!"

기사들과 마법사들로부터 보호를 받는 한 남자.

몬스터들이 북부에서 가장 큰 마을인 하이튼으로 남하한다는 소식에 병사들과 함께 참전한 네루만 총독 야이크스.

190이 넘는 건장한 체격에 떡 벌어진 어깨.

강인한 인상의 사각턱과 황소만 한 커다란 눈동자.

한눈에 봐도 대단한 무장이라 느껴지는 야이크스 백작의 움켜쥔 두 손이 파르르 떨렸다.

몬스터들을 쫓던 와중에 갑작스럽게 나타난 테미르 놈들의 와이번.

야만 종족답게 와이번은 보호장구도 착용하지 않았다.

그리고 스카이나이트들의 무기 또한 여기저기서 긁어모은 잡동사니 블레스트 스피어가 다인 놈들.

그러나 대적할 방법이 없었다.

와이번은 와이번만이 상대할 수 있는 현실.

마법으로도 궁수의 활로도 가죽뿐인 와이번을 처치할 수 없었다.

"전령은 보냈는가?"

"통신구로 급히 소식을 전했습니다. 그러나 각하, 외인 창공단은 믿을 자들이 못 됩니다!"

5,000병사들이 평원에서 이리 뛰고 저리 뛰며 정신없이 몸을 숨기기에 정신이 없었다.

뭉쳐 있으면 바로 머리 위로 떨어지는 돌과 나무통의 공격.

이미 군율은 깨진 지 오래였다.

'편대만 있었어도……. 크으.'

주체할 수 없을 정도로 끓어오르는 분노.

기사로 시작하여 한 지역을 맡는 총사령관인 백작위까지 오른 무장 야이크스.

한때는 상대할 가치도 없는 야만족 와이번들을 보며 이를 갈았다.

정규 와이번 편대만 있어도 전혀 두려울 것 없는 보잘것없는 놈들이었다.

그러나 이미 야이크스 휘하의 스카이나이트들은 지난 몇 년간의 혈전에 와이번을 모두 잃어야 했다.

10여 마리가 넘는 와이번을 소유했지만 한 번에 수십 마리씩 떼지어 몰려오는 테미르 놈들의 공격에는 버틸 수가 없었다.

하나둘 사라지더니, 작금에는 백작 소유의 와이번만 남

왔다.

그나마 남아 있던 와이번도 열흘 전에 날개와 근육이 찢어지는 중상을 입고 성의 격납고에서 쉬고 있었다.

"각하, 퇴각하셔야 합니다. 이대로 있다가는 병사들이 개죽음당할 것입니다."

야이크스의 부관인 기사의 입에서 개죽음이라는 말이 튀어나왔다.

기사로서 뱉기에는 적절치 않은 단어.

하지만 지금 눈앞에 펼쳐진 참상은 개죽음이라는 말도 모자랐다.

"우리가 퇴각하면 하이튼에 있는 백성들과 병사들은 누가 구한단 말인가!"

지원군을 기다리며 몬스터와 혈전을 벌이고 있을 수천 명의 백성들과 수백 명의 병사들.

다른 곳과 달리 북부 지방의 몬스터들은 군집 생활을 하고, 인간들을 공격할 때는 연합전선도 펼 줄 아는 놈들이었다.

"그들도 중요하지만 병사들의 목숨 또한 소중합니다! 더욱이 각하께서 위험에 처하시면 이곳 네루만은 누가 수호할 수 있단 말입니까!"

피를 토하는 기사의 충언.

하늘 같은 백작이자 총사령관에게 수석 부관이라 해도 이리 건방지게 참견할 수는 없었다.

그러나 상황이 상황이었다.

잘게 찢겨지는 종이처럼 사방으로 갈가리 찢긴 병사들.

"오, 온다!"

"마법사들은 대기하라!"

"크아아아아아아아아아!"

흩어지는 병사들을 독수리가 양을 사냥하듯 낚아채는 테미르 놈들의 와이번.

날카로운 발톱으로 갑옷째 푹 찍어 하늘로 들어 올린 와이번이 높은 곳에서 병사를 내팽개쳤다.

순간 들려오는 단말마의 비명.

귀가 있는 자들은 모두 귀를 막고 싶었다.

그러나 이것은 실재하는 저주.

동료의 비명을 뒤로하고 바위나 나무, 아니면 바닥에 납작 엎드려 거친 숨을 몰아쉬어야 했다.

그리고 테미르 놈들은 십여 명의 기사들과 마법사들 세 명에게 보호되는 백작을 향해 몰려왔다.

진작부터 알고 있었지만 자신들을 상대할 와이번이 없다는 사실을 알고 천천히 쥐를 모는 고양이처럼 다가왔다.

'이놈들!'

속으로 이를 가는 야이크스.

지금껏 수없는 도움을 청했지만 근 일 년 내내 단 한 번도 도움을 주지 않는 외인 창공단의 스카이나이트.

뻔질나게 드나들던 루켄스 자작도 제국군이 퇴각한다는 사실에 발길을 끊었고, 제니스라는 남작은 루켄스를 견제하느라 도움을 줄 수 없었다.

그러나 혹시나 하는 심정에 연락을 취해보았다.

새로 부임한 스카이나이트라도 있다면 그의 손이라도 잡고 싶었다.

'어리석은 이들……. 이 기회의 땅을 버리다니.'

지난 몇 년간 최선을 다하여 방어했던 네루만 평원.

사계절이 뚜렷하고 폭풍이나 폭우 같은 자연재해가 거의 없고, 바다와 강에는 물고기가 넘쳐 나고 땅은 기름지며, 개발하지 못한 광산에는 무엇이 있는지 알 수도 없는 기회의 땅.

그런 땅을 제국은 버리려 하였다.

황권을 위협하는 귀족들의 요청을 황제가 막을 수 없을 것이었다.

이곳으로 자신을 보낼 때, 황제는 말했었다.

몇 년만 잘 버텨주면 네루만을 제국의 미래를 위한 발판으로 삼겠노라고.

그런 황제를 믿고 가문의 전 재산을 털어 와이번을 확충하고 병사들을 이끌어 네루만을 지켜왔다.

하지만 이제는 한계 상황.

몇 달 전부터 제국에서는 보급품을 비롯한 일체의 급료도 내려오지 않았다.

약 3만에 이르는 병사들의 피가 부담스러운 제국.

그리고 얼마 전에 명령서가 내려왔다.

두 달 안으로 제국 본토 정병을 제외한 일체의 병사들을 남겨두고 회군하라는 황제의 인장이 찍혀 있는 명령.

비정하고 잔인했다.

"후후……."

급박한 현실임에도 마른 웃음을 흘리는 야이크스.

쇄애애애애액.

그런 백작을 향해 블레스트 스피어들이 바람을 가르며 날아왔다.

"막아라!"

차자자장.

검을 뽑아 든 기사들이 백작의 앞을 막았다.

"실드!"

"윈드 실드!"

"마나 실드!"

위잉! 우르르르.

대기하고 있던 마법사들이 실드 마법으로 방어막을 완성

했다.

퍼버버버버벅.

쩌저저저저저저정.

“……!!!!!!!”

한껏 부릅뜬 기사들의 눈.

금이 가는 유리창처럼 쩌쩍 갈라지는 실드.

짜자자자자자장.

퍽! 퍽! 퍽!

“크윽…….”

허공에 펼쳐진 실드가 일순간 깨져 나가고 마지막 남아 있던 우윳빛 마나 실드에 박히는 블레스트 스피어.

“…….”

다행스럽게 대여섯 개의 블레스트 스피어는 5서클 마법사가 펼친 마나 실드에 박힌 채로 창끝을 부르르 떨었다.

일순간 찾아온 정적.

기사들이 착용한 갑옷은 잘해야 경량화 마법이 걸려 있는 통쇠 갑옷.

공중에서 날아온 블레스트 스피어를 막을 수 있는 갑옷은 통짜 미스릴 갑옷밖에 없었다.

“허억!”

그러나 안도의 순간도 잠시,

쉬이익, 쉬이익.

어느새 병사들 쥐 몰기를 끝낸 와이번들이 빙빙 원을 그리며 백작과 기사들의 머리 위를 날고 있었다.

이제는 도망갈 기회도 없었다.

말을 타고 달려봐야 와이번에게는 움직이는 토끼 정도에 불과할 뿐이었다.

쿠아아아아아아아아아아아아아아아아!

그렇게 절체절명의 위기에 처한 백작과 기사들.

갑자기 천둥 같은 울음소리가 하늘을 울렸다.

"저, 저것은!"

"뭐… 뭐야!"

울음소리를 찾아 고개를 돌리던 기사들.

저 멀리 남쪽 하늘에서 작은 점으로 보이는 한 물체를 발견하고 경각성을 터뜨렸다.

와이번이었다.

그것도 마법 방어구를 착용하고 있는 정규 와이번.

그러나 누구 하나 기뻐하는 이는 없었다.

지원군이 분명한 존재지만 절대 지원군이라 느낄 수 없는 존재.

삼십 마리의 와이번을 향해 날아오는 와이번은 딸랑 한 마리.

“…….”

어이를 상실한 기사들과 마법사들이 허탈한 눈동자로 하늘을 바라보았다.

새로이 나타난 적을 향해 어느새 고개를 돌리는 삼십 마리의 와이번.

안 봐도 뻔하였다.

멍청한 한 마리 와이번은 잠시 후 블레스트 스피어의 뜨거움을 온몸으로 만끽하며 지상과 키스할 것이라는 것을…….

Chapter 49
조건

'헐? 저, 저게 도대체 몇 마리야!'

야만 종족 테미르 놈들의 공격이라 했기에 쬐금 방심했던 마음.

그런 마음을 산산이 박살 내버리는 어머어마한 와이번 무리.

'한 놈, 두 놈! 으아아! 삼십 마리가 넘잖아!'

독수리가 사체를 발견하고 빙빙 하늘을 돌듯이 거대한 원을 그리며 공중을 맴돌고 있는 와이번들.

대충 세어봐도 삼십 마리가 넘어갔다.

‘그런데 저 자식들, 갑옷도 없네?’

와이번을 보호하는 보호 마법구뿐만 아니라 스카이나이트들도 에어 플레이트를 착용하고 있지 않았다.

파란 빛이 나는 가죽 옷을 착용한 채로 블레스트 스피어만 들고 있는 놈들.

그런 놈들이 타고 있는 와이번들의 몸통에는 마법진 같지만 마법진이 아닌 요상한 도형과 글자들이 새겨져 있었다.

‘음……’

무작정 북쪽으로 날아오르기를 한 시간.

북쪽 또한 작은 구릉 같은 산을 빼고는 모든 곳이 평원.

구름 한 점 없는 하늘 덕분에 제법 넓은 곳을 볼 수 있었고, 곧 병사들 무리를 찾을 수 있었다.

문제는, 그렇게 찾은 병사들이 사방을 향해 뿔뿔이 도망치고 있다는 것과 삼십여 마리의 와이번들 밑에 포위되어 있는 인간들 몇몇이 내가 만나야 할 그 누구일 것 같은 불길한 예감.

‘제길. 용가리 통뼈도 아니고……’

아무리 나라 해도 눈앞을 어지럽히는 삼십 마리의 와이번이라는 숫자는 부담스러웠다.

‘살려, 말어?’

적들과의 거리는 약 4킬로 정도.

아직 나를 발견하지 못한 듯 놈들은 방향을 틀지 않았다.

그리고 순간 고민이 들었다.

여기서 토끼면 그만이었지만 놈들에게 발각되면 목숨 내놓고 한판 벌여야 했다.

쿠아아아아아아아아아아아아아아아아아아아!

'헉!'

하지만 그런 고민은 오래가지 않았다.

쌈닭 조폭 출신인 행동대장 베베토.

접대가리를 상실하고 삼십 마리의 적들을 향해 우렁차게 자신의 존재를 알렸다.

'그래, 고맙다! 아이구!'

베베토의 울음에 화들짝 놀란 수십 마리의 와이번.

앞 다투어 나를 향해 날아왔다.

이제는 피할 수 없는 한판 승부.

블레스트 스피어를 양손으로 뽑아 들었다.

'가, 가만! 이거 모자라잖아!!!!!!!!'

설마하는 마음에 20개 정도의 블레스트 스피어만 가지고 왔다.

그런데 적은 삼십 마리가 넘는 상황.

아무리 빼고 더해도 답이 보이지 않았다.

'그래! 그놈이 있었지!'

순간 번뜩 생각나는 한 존재.

내 말이라면 드래곤 코라도 물 그놈.

"슈리엘, 컴 온!"

쉬휘휘휘힉!

특이한 정령이라는 존재.

강렬한 소망이 일자 은빛 바람의 독수리가 세상에 모습을 드러냈다.

"슈리엘! 가서 신나게 물어뜯어!"

파앗!

명령이 떨어지기 무섭게 빛의 속도로 날아가는 바람의 슈리엘.

'윽!'

거리에 비례하여 소멸하는 마나.

'가만……. 저것들도 다 와이번 아냐!'

블레스트 스피어에 마나를 넣는 순간 갑자기 드는 생각.

하늘을 가득 메운 와이번들이 적이 아닌 돈 덩어리로 보였다.

'으흐흐……. 이거 웬 떡이야?'

마리당 백만 단위가 넘어가는 와이번 가격.

아쉽게도 마법 방어구가 없었지만 와이번만으로도 감지덕지한 상황.

블레스트 스피어를 손에서 내렸다.

마법 방어구도 없는 놈들이었기에 맞으면 골로 갈 수 있었다.

'이놈들 다 죽었어.'

놈들이 도망갈 틈을 주지 않고 한 방에 잡아야 했다.

쿠오오오오오오오!

나를 신뢰하는지, 천성이 간이 부은 건지 알 수 없는 베베토.

신나게 울음을 토하며 전속 돌진했다.

파바밧.

그리고 어느새 2킬로미터로 다가온 적 스카이나이트들.

내 돌격이 우스웠는지 선두를 이루고 있는 다섯 놈들만 블레스트 스피어에 마나를 집어넣고 있었다.

위이이잉.

그런 놈들을 바라보며 마나를 극한으로 끌어올렸다.

"미… 미친!"

"저, 저런 말도 안 되는……."

1대 30의 전투였지만 물에 빠져 지푸라기라도 잡고 싶은 심정인 야이크스 백작과 기사들.

갑작스럽게 나타난 중급 정령의 모습에 한가닥 희망을 가

졌지만 스카이나이트가 블레스트 스피어를 내려뜨리는 광경
에 절망에 빠졌다.

한눈에 보기에 삶을 포기한 자의 행동.

한 가닥 기대는 처참히 사라져 버렸다.

쉬쉬쉬쉬쉭.

그런 절망 속에 테미르 종족 스카이나이트들의 손에서 블
레스트 스피어가 발사되었다.

끼오오오오오오오오!

콰직!

그 와중에 중급 정령 슈리엘은 제일 앞에서 날아오던 와이
번의 날개를 힘차게 물었다.

크라라라라라라라라라라라라!

얼마나 강력하게 물렸는지 비명을 토하며 빙글빙글 회전
하며 추락하는 와이번.

오른쪽 날개를 사용할 수 없을 만큼 큰 상처를 받은 것 같
았다.

퍼버버버버버버버벙!

"허억!"

"마, 마법!"

슈리엘의 행동에 웃을 수도 울 수도 없던 야이크스의 기사
들.

갑자기 공중에서 울리는 강렬한 폭음.

"윈 윈드 토네이도!! 어떻게 비행 중에 5서클 마법을!"

야이크스의 전속 마법사 할마인이 놀라 신음을 토했다.

일반적으로 마법은 메모라이즈 상태에서도 자세나 신경이 안정화되어야만 발현이 되었다.

그러나 놀랍게도 와이번을 타고 급격한 상황에서 정확히 마법을 발현한 자.

용기가 넘치는 자거나 간댕이가 부은 자가 틀림없었다.

"움하하하하하하하하하하하!"

마법으로 날아오는 블레스트 스피어를 격추한 정체 모를 스카이나이트.

하늘이 떠나가라 광소를 터뜨렸다.

지이이이잉!

그리고 웃음 뒤에 스카이나이트의 몸에서 뿜어져 나오는 마나 발광.

파바바바바바바바밧.

강렬하게 응축되던 마나들이 하늘을 갈랐다.

쉬이이이이이이익! 쉬이이이이이이이익!

"윈드 커터 중첩 마법! 오오오……."

보고 있던 마법사의 입에서 감탄의 신음이 길게 흘러나왔다.

중첩 마법도 아니었다.

아무리 5서클 마법사라 해도 저 자세나 상태에서는 두 번을 펼쳐도 훌륭하다는 마스터라는 소리를 들을 것이다.

그러나 놀랍게도 정체 모를 스카이나이트는 한두 번도 아니고 무려 일곱 번이 넘는 마법을 난사하였다.

끼아아아아악!

쿠구궁.

정령에 물린 와이번이 중심을 잃고 지상에 충돌하며 처절한 비명을 울렸다.

마법 방어부가 없기에 중요한 날갯죽지를 물린 치명상을 입은 것이다.

"라시포르트······!!!!!"

"으아아아!"

그리고 무식하게 돌진하던 테미르 스카이나이트들의 알아들을 수 없는 비명.

수적으로 우세하지만 방어적으로 지극히 불리한 테미르 종족 연합의 와이번들.

4서클 마법들이 하얀 광채와 함께 밀려들자 정신줄을 놓아 버렸다.

끼에에에에에에에에!

쿠아아아아아아아아아아!

적을 우습게보고 밀집 대형으로 날아오던 와이번들.

한 방에 하나씩 날개가 찢겨지며 지상으로 추락해 갔다.

와이번 가죽의 특성상 4서클 마법 정도는 어느 정도 방어가 가능했지만 5서클 급의 마나가 담긴 마법에는 칼날 앞에 선 돼지 가죽 신세.

50미터 이상의 높이에서 와이번들은 찢겨진 날개를 펄럭이며 지상에 빠르게 입맞춤해 갔다.

쿠궁 쿠구궁.

쿠에에에에에에에에~~~!!

쉬이이이이이익.

마법에 걸려든 와이번 한 무리가 지상에 추락할 때, 나머지 와이번들은 좌우로 재빨리 갈라지며 방향을 틀었다.

그리고 전투 의지를 상실하고 급격히 꼬리를 보이며 도망치는 테미르 스카이나이트들.

기세등등하던 모습으로 병사들을 유린하던 당당함은 사라지고 도망자의 추접스러운 모습만 보이고 있었다.

"세상에……."

"이, 이종교배 와이번!"

믿을 수 없는 승리에 정신을 놓고 있던 야이크스 백작의 마법사들과 기사들.

그제야 보였다.

자신들을 죽음에서 구해준 와이번이 제국에서 멸시당하는
저주받은 이종교배 와이번이라는 것을.

퍼럭, 퍼러러럭.

와이번들이 멀찍이 도망가자 천천히 야이크스 백작 앞에
착륙하는 이종교배 와이번.

바즈란 제국을 상징하는 블랙 와이번의 육중한 검은 광택
과 태양에 빛나는 황금 줄무늬가 사람들의 눈 속을 파고들었
다.

터억.

붉은 망토를 두른 스카이나이트가 안전 고리를 풀고 지상
에 착지했다.

저벅저벅.

그리고 야이크스 백작 앞으로 다가왔다.

딸깍.

마법 투구를 여는 스카이나이트.

"음……."

투구가 열리고 보이는 낯설고 앳된 얼굴.

상상하던 모습이 아닌 검은 머리칼의 준수한 남자의 모습
에 저마다 신음을 낮게 흘렸다.

"야이크스 백작님을 뵙습니다. 외인 창공단 소속 카이어
드 아달론 준남작이라 합니다."

투구를 왼손의 겨드랑이에 끼고 오른손으로 기사의 예를
올리는 카이어 준남작.

엄청난 실력에 비해 생각지 못한 작위에 기사들의 얼굴에
의혹이 어렸다.

이 정도 능력자라면 자작, 아니, 백작위를 줘도 구할 수 없
는 실력자였다.

"반갑네. 야이크스 드 레부아닌 백작이라고 하네."

기사들과 마법사와 달리 고개를 끄덕이며 아무렇지 않게
카이어의 인사를 받은 야이크스 백작.

파바밧.

두 사람의 눈이 허공에서 부딪쳤다.

그리고 튀는 작은 불꽃.

씨익.

카이어의 입에 작은 미소가 지어졌다.

쿠에에에!

쿵쿵쿵!

날개 가죽이 찢겨 나갔건만 몸이 온전한 테미르 종족의 와
이번 한 마리가 신경질적인 울음을 토하며 달려왔다.

"베베토, 밟아."

조용히 울리는 카이어의 명령.

쿠오오오오오오오!

팔짝 날아오르며 기쁨을 토하는 베베토라는 와이번.

콰직.

쿠에에에에에에에에엑!

사뿐히 날아올라 무식하게 밟아버리는 육중한 이종교배 와이번의 광기 어린 모습.

"꿀꺽……."

지켜보던 이들의 입에서 마른침 넘어가는 소리가 조용히 울렸다.

조용히 웃고 있는 검은 머리의 미소년.

앞으로 적으로 마주치지 말아야겠다는 조용한 다짐을 모두의 가슴속에 품었다.

"정식으로 감사함을 전하는 바이네."

"아닙니다. 황제 폐하의 기사로서 당연히 해야 할 의무였습니다."

"그렇게 말해주니 고맙네."

'정말 기사다운 귀족이야.'

사람의 눈은 거짓말을 하지 않는 법이었다.

테미르 종족 놈들의 와이번을 몰아내고 바로 하이튼이라는 마을을 구하러 출발하였다.

자신들을 괴롭히던 와이번이 사라지자 모여든 야이크스

백작의 정병들.

달려드는 몬스터 무리를 단숨에 밀어내 버렸다.

그리고 찾아온 야이크스 백작과의 일대일 대화 시간.

마을이기보다는 요새에 가까운 하이튼.

상급 지휘관들이 머무는 집무실에서 눈을 마주하고 앉았다.

"그런데 정말 놀랍군. 제국에 자네 같은 천재 마법사가 있다는 소문을 듣지 못했네. 그것도 정령을 소환하는 마법사라……."

궁금했던지 내 정체를 간접적으로 물어왔다.

그도 그럴 것이 똑똑히 보았을 내 마법 실력.

아무리 천재라도 5서클은 내 나이 때에 이룰 수 있는 경지가 아니었다.

더욱이 정령까지 소환할 수 있는 능력자는 대륙에 없을 것이었다.

"오해이십니다. 마법사는 맞지만 정령사는 아닙니다."

"정령사가 아니라? 그런데 어찌 중급 정령이 소환되었는가?"

"바로 이것 때문입니다."

스윽 팔을 내밀며 사부가 내 팔에 끼어놓은 은빛 팔찌를 보여주었다.

"호오, 아주 귀중한 마법 아이템 같군."

"그렇습니다. 스승님께서 하사해 준 정령 아티팩트입니다. 이것만 착용하고 있다면 중급 바람의 정령을 소환할 수 있습니다."

"그렇군……."

마나를 다루는 기사였다.

그런 기사가 보아도 범상치 않아 보이는 사부의 차원이동 마법팔찌.

마법사가 봐도 해석할 수 없는 고차원적인 물건이었다.

"그런데 자네는 어찌하여 이곳까지 왔는가? 외인 창공단은 자네 같은 이재가 머물기에는 어울리지 않는 곳인데."

"신의 뜻이 아니겠습니까. 그리고 이종교배 와이번을 소유한 자에 대한 사람들의 벌이기도 하고요."

"음… 그렇군."

이종교배 와이번이라는 말에 고개를 끄덕이는 야이크스 백작.

그도 제국의 귀족이었기에 내가 이곳에 있는 이유를 대충 짐작할 수 있을 것이었다.

"백작님, 그런데 테미르 놈들에게 저리 많은 와이번들이 있었습니까?"

이제는 내가 궁금한 점을 물었다.

"그 점을 나도 이상하게 생각하고 있네. 와이번 알을 구해도 부화하기 위해서는 상당히 시간과 정성을 들여야 하거늘, 놈들은 그 상식을 파괴하고 있네. 마치 와이번을 검을 만들 듯 찍어내는 것이 아닌가 하는 의심이 들 정도야. 특히, 요 일년 사이 놈들의 집단 공격이 심해지고 있네."

'좋지 않은 소식이군.'

강적들이 사방에 널려 있건만 새로이 들려오는 불길한 소식이었다.

만약 놈들이 마법 방어구까지 착용한다면 대책이 없을 것이었다.

쿠에에에에!

쿠크크크크크크.

'베베토 이 녀석, 살살 하라니까.'

군사용 마을이었기에 격납고도 다섯 기나 있었다.

그 격납고 안에 잡혀온 와이번 다섯 마리를 집어넣었다.

날개가 찢겨졌기에 장시간 요양이 필요한 와이번들.

베베토에게 개기다 몇 대 얻어터진 다음 이곳까지 걸어서 끌려왔다.

물론 수컷 두 마리가 정신을 차리고 베베토에게 개겼지만, 늑신나게 얻어터지고 잠잠해졌다.

그와는 반대로 암컷 와이번들은 베베토의 굵은 근육에 미리 항복해 버리고는 고분고분히 이곳까지 끌려왔다.

그리고 이어지는 정신교육.

베베토가 개겼던 수컷 와이번들을 확실히 교육시키고 있음이 비명 소리를 듣고 짐작할 수 있었다.

“하하. 자네 와이번은 내가 알던 와이번과 차원이 다르군. 이종교배 와이번이라지만 저렇게 야생적이라니.”

“남자라면 저 정도 박력은 있어야죠.”

“박력? 푸하하! 자네를 닮은 것 같군.”

기분 좋게 웃음을 터뜨리는 야이크스.

그 말에 대꾸하지 않았다.

사내라면 거친 야생의 매력이 있어야 하는 법.

때로는 부드럽게 때로는 거칠게, 그것이 바로 남자의 매력이 아니겠는가.

“그건 그렇고……. 이거 어떡하나. 애써 나와 병사들의 목숨을 구해준 자네에게 해줄 것이 아무것도 없으니…….”

‘어라? 지금 이 말은 배째라?’

내가 알고 있던 이곳 상식과 다른 말을 뱉어내는 야이크스 백작.

사각턱의 강인한 얼굴을 살짝 붉혔다.

“하하. 황제 폐하와 제국을 위하는 일에 어찌 물질을 따지겠습니까. 사망한 와이번 가죽으로도 충분합니다.”

지상에 추락한 일곱 마리 와이번.

그중에서 두 놈은 대가리부터 처박았는지 목이 부러져 즉사하였다.

살아 있을 때와는 비교할 수 없는 형편없는 가격이지만 가죽과 뼈만 해체해도 10만 골드 이상은 너끈히 받을 수 있을 것이었다.

"믿음직스럽군. 그런 자네가 이런 곳으로 오다니. 어떤가, 이번에 나를 따라 다시 본국으로 갈 마음은 없는가? 황실 소속이 아니면 내 영지 소속의 스카이나이트가 되어도 좋네. 작위도 남작위 이상은 내가 보장하지."

내 가식을 가장한 호탕한 웃음에 고개를 끄덕이며 나를 스카웃하려는 야이크스.

"마음만 감사히 받겠습니다. 하지만 이곳은 황제 폐하가 허락한 제 임지. 그 명을 따라 목숨 바쳐 네루만의 안녕을 일궈낼 것입니다."

"휴우……. 자네 마음은 잘 알겠네. 그러나 이제는 그럴 필요가 없을 것 같군. 자네도 소문은 들어서 알고 있지만 제국은 네루만을 포기하기로 이미 결정했다네. 어차피 알게 될 일이니 말하겠네. 이미 철수 명령은 떨어졌고, 두 달 안으로 제국으로 귀환하라는 제국 군사위의 명령이 하달되었네."

'헐? 벌써?

예상보다 빠른 결정에 잠시 당황스러웠다.

"그렇다면 이곳에 남아 있는 백성들은 어찌 되는 것입니까? 또, 이곳 출신 병사들은 어디로 가라는 말인지……."

대충 알고 있지만 확실히 확인할 필요가 있었다.

"어차피 이곳 네루만은 황제 직할령도 아니고 영주가 있는 영지도 아니네. 다만 임시적 속주로 남아 있던 상태. 제국이 이곳을 포기하는 순간 백성들과 이곳 출신 병사들은 남겨질 것이네. 지금 제국은 그들을 포용할 수 없네……."

"음……."

"너무 걱정은 하지 말게. 아마 루켄스 자작에게 모든 권한을 이양할 생각이네. 그렇게 된다면 자체적으로 어느 정도 안전은 보장할 수 있을 것이네."

'호오, 그렇게는 안 되지.'

지금부터 중요한 순간이었다.

흘러가는 물길을 내게 유리한 방향으로 돌려야 했다.

"그것에 대해서 잠시 드릴 말씀이 있습니다."

심각한 표정을 지으며 묵직하게 할 말이 있다 전했다.

"중요한 얘기인 것 같군. 술 한잔하겠나?"

"주시면 감사히 먹겠습니다."

나이를 거저먹은 이가 아님을 증명하듯 내 표정을 읽었다.

"귀한 술은 아니지만 내가 즐겨먹는 술이라네. 독하지만 아침에 뒤끝 없는 사내다운 술이지.”

처음부터 부관도 동행하지 않은 대화.

야이크스는 집무실에 놓여 있는 청색의 술병을 들었다.

또로로.

주석으로 만든 잔에 푸른 색감의 술을 따르는 야이크스.

“위대한 황제 폐하와 제국의 안녕을 위하여!”

선창을 하는 야이크스 백작.

“위하여!”

잔을 높이 들었다.

그리고 꿀꺽 술을 입에 털어 넣었다.

“크으.”

“으음.”

동시에 흘러나오는 두 사람의 신음.

불이 난다는 말을 이럴 때 사용하는 것이리라.

식도를 넘어가면서 일어나는 내부의 불길.

용암을 삼킨 것 같은 뜨겁고 얼얼한 기운이 정신을 아찔하
게 만들었다.

“하아…….”

뱉어지는 숨결.

‘정말 남자답군.’

강렬한 알코올과 은은한 주향이 입을 타고 밖으로 토해

졌다.

"바로 이 맛이야. 첫 전투에서 살인을 행할 때 선배 기사가 나에게 권했던 술이네. 술의 이름은 루카스시나. 망각의 친구라는 고대 언어지."

술잔을 친구 보듯 바라보는 야이크스.

'나도 중독될 것 같은데.'

적을 향해 돌진하는 전사의 심장과 같이 붉고 뜨거운 술 루카스시나.

벌써 영혼에 깊숙이 각인되어 버렸다.

"이제 이야기해 보게. 나에게 긴히 할 말이라는 것이 무언가."

잔에서 시선을 돌려 나를 보라보는 야이크스의 침착한 갈색 눈동자.

"저에게 주십시오."

"……?"

갑자기 달라는 말에 의문을 띠는 야이크스.

"루켄스 자작에게 양도할 병사들을 저에게 모두 주십시오."

"병사들을? 자네에게?"

백작이 놀라 되물었다.

"백작님도 아실 것입니다. 루켄스라는 작자가 이곳 백성들을 어떻게 취급하고 있는지. 그런 자에게 병사들마저 넘겨주신다면 백작님은 네루만을 헌신짝 버리듯 버려 버린 제국 귀족들과 다를 바 없을 것입니다. 최선의 선택이라는 이름으로 죽음보다 더 치욕스러운 삶을 선사한 악질적인 귀족으로 말입니다.”

눈앞의 남자에게는 어설픈 수사여구 따위는 필요없다는 것을 본능적으로 알았다.

가슴 대 가슴, 진실과 진실로 승부를 해야 했다.

파르르.

내 말에 손에 힘이 들어가는지 들고 있던 술잔이 파르르 떨렸다.

“지금 그 말… 책임질 수 있나?”

조용하면서 위엄 가득한 목소리로 나를 똑바로 보는 백작.

끄덕.

고개를 끄덕였다.

“백작님이 기회를 주신다면 제국의 이름이 부끄럽지 않게 네루만을 지켜낼 것입니다.”

“…….”

뜨거운 마음으로 대답했다.

“자신있는가. 사방에 몬스터와 적밖에 없는 이곳을 자네 스스로의 힘으로 지켜낼 자신 말인가?”

"사람은 누구나 죽습니다. 그러나 모두 다 똑같이 죽는 것
은 아닙니다. 뜨겁게 생명을 살다간 자는 거기에 알맞은 숭고
한 죽음이, 더럽고 치사하게 살다 간 자의 죽음은 그에 걸맞
은 곰팡이 같은 음습한 죽음이 기다릴 것입니다. 그리고 전
뜨겁고 치열하게 살다 갈 것입니다. 죽어서도 후회하지 않는,
그런 폭풍 같은 인생을 말입니다."

미련없이 하루하루를 산 자와 욕망과 오욕으로 산 자가 같
은 죽음을 맞이하는 것은 잘못된 것이다.

잠시간의 침묵이 이어졌다.

나에게서 눈을 거둬 술잔을 바라보는 야이크스.

"좋아. 자네 뜻을 따라주지."

'성공이다!'

예견치 못한 확답에 환호성이 터졌다.

변변한 와이번도 없는 총사령관이었지만 그의 한마디에
수만 명의 훈련받은 정병이 내 휘하로 들어올 수 있었다.

"단, 조건이 있네."

'엥? 조건?'

하지만 이런 큰일이 쉽게 이루어질 리가 없었다.

"자네가 루켄스 자작을 대신하여 이곳을 다스릴 수 있는
자격을 보여주게."

뜬끔없이 자격을 말하는 백작.

"어떤 자격을 말씀하시는지……?"

"정확히 한 달의 시간을 주겠네. 그 시간 안에 루켄스를 무너뜨려 보게. 그러면 자네 뜻대로 병사들뿐만 아니라 필요한 일체의 군사 물품을 양도하겠네."

'음……'

파격적인 제안이자 당연한 이야기.

비록 내 실력이 월등하다 하나 혼자만의 힘으로 네루만을 방어한다는 것은 쉽게 증명할 수 없는 일이었다.

더욱이 루켄스는 십 년의 세월 동안 자신의 힘을 이곳 네루만에 떨치고 있는 자.

나 같아도 애송이 같은 나에게 병사들을 인도하느니 실력을 입증한 루켄스에게 넘겨줄 것이다.

어차피 귀족들 중에 루켄스보다 더한 자들이 많을 것이기에.

"알겠습니다. 백작님의 뜻대로 제 능력을 증명해 보이겠습니다."

"하하. 그래야지. 기사라면 권리를 주장하기 전에 먼저 자신의 책임과 능력을 증명하는 것이 순서지. 카이어, 한번 해 보게. 내 지켜보겠네."

내 대답에 화통한 웃음을 터뜨리는 야이크스.

"자! 그럼 한 잔 더하세. 자네 같은 친구를 만난 기념으로

이 병은 다 비워야 하지 않겠나."

단단한 우정을 나누는 친구처럼 스스럼없이 잔에 술을 채우는 백작.

"감사합니다. 이 잔은 백작님을 만나게 해주신 인연의 주관자 로메로님께 바치겠습니다."

어느새 잔을 가득 채운 독주.

꿀꺽 힘차게 입 안에 술을 털어 넣었다.

"크으……."

입 안을 얼얼하게 태우며 사라지는 한 잔의 독주.

내가 뱉은 말처럼 느껴졌다.

뜨겁고 화끈하고 진한 그 맛.

내가 꿈꾸는 내 인생과 닮은 녀석이었다.

Chapter 50

낚시

'흐흐. 와이리 좋노.'

쉬이이이익, 쉬이이이익.

기쁨을 감추지 못하고 투구 안에서 입이 찢어지려 하였다.

커다란 황금 줄무늬 검정 날개를 펄럭이며 바람을 갈라가는 베베토.

오늘따라 시원한 바람이 성큼 봄을 노래하고 있었다.

'귀여운 녀석들.'

고개를 돌렸다.

그 순간 보이는 다섯 마리의 와이번.

와이번 마법 방어구는 착용하지 않았지만 보기만 해도 든든한 다섯 마리의 와이번.

베베토를 대장 삼아 그 뒤를 힘차게 날아오고 있었다.

'움하하! 한 놈 당 200만이면 다섯 놈이면 1,000만 골드! 신이시여, 감사합니다!'

자신의 주인인 스카이나이트에 대한 충성심이 대단히 강하다고 알려진 와이번.

그러나 나와 베베토에게는 어림없었다.

매에는 장사 없다는 민족의 격언.

착실하게 개기던 놈을 베베토에게 던져 주면 알아서 교육(?)을 시켰고, 그 뒤를 따라 들어가 힐 마법을 펼쳐 약을 주는 나.

몇 번만 그 일을 반복하면 어지간한 와이번들은 피똥을 싸며 나에게 매달렸다.

행동대장 베베토의 무지막지한 발톱질.

맞아본 놈만이 그 맛을 알 것이었다.

'앞으로 이렇게 적 와이번들을 포섭한다면……. 흐흐. 왕국도 부럽지 않을 것이야.'

여태 이렇게 와이번을 재교육시켜 활용한다는 이야기를 듣지 못했다.

전투 중에 적 와이번을 적당히 상처 입혀 포섭하는 것도 쉽지 않았고, 와이번의 충성심 또한 어지간한 기사 못지않다고 들었다.

그러나 나와 베베토의 합공에는 두 손을 들어버리는 와이번들.

이렇게 몇 번만 더 하면 와이번 편대를 몇 개는 만들 수 있을 것 같았다.

'그런데 저놈들 괜찮을까? 성수를 먹지 않고 자란 놈들이라는데.'

마법구 대신 요상한 문양을 몸에 그리고 다니는 테미르산 와이번.

알고 보았더니 그 문양은 주술사가 새겨놓은 것이라 하였다.

태어나는 순간부터 성수에 담가놓아야만 마성을 제거하여 군용 와이번으로 사용할 수 있다고 하였건만, 테미르 놈들은 성수가 아닌 주술적인 힘으로 와이번을 훈련시켜 사용한다 들었다.

'이런들 어떠하리, 저런들 어떠하리. 오토바이를 타든, 자전거를 타든 서울만 가면 그만 아니겠는가.'

나중에야 어떠하든 지금은 착실히 베베토와 내 명령을 따르는 와이번들.

특히 그중에서 암놈들은 베베토에게 은근히 꼬리를 치는 모습이 보였다.

‘이종교배 와이번을 향해서 반항적인 놈들은 대부분의 와이번이 아니라 수컷들만 그런다 이거지. 강력한 수컷에 대한 수컷 특유의 경계심이겠지.’

베베토를 타고 몇 번 전투를 벌였지만 소문처럼 무식하게 베베토만 보고 발광하는 와이번은 없었다.

다만, 수컷 와이번들만 암컷들에 비하여 공격적 성향을 띠었다.

마치 사자 무리에 다른 수컷이 뛰어들었을 때처럼 경계를 하는 수컷들 특유의 본능적인 행동 같았다.

‘그나저나 아무 일 없어야 할 텐데.’

군에서만 사용할 수 있는 통신구로 덴포스 시를 향해 루켄스 자작 병사들이나 와이번들이 공격하지 않았다는 소식을 들었다.

그러나 가는 와중에라도 혹시 공격을 받을까 걱정이 되었다.

육상전이야 어찌어찌 처리한다 하더라도 와이번이 투입되면 창공단에 있는 용병들은 다 도주할 것이 뻔하였다.

“아……”

그리고 잠시 후, 걱정 속에 멀리 보이는 도시 덴포스.

안도의 한숨이 흘러나왔다.

딱히 고향이 없는 이 대륙.

낡은 도시 덴포스를 보자 갑자기 집에 온 것 같은 즐거움이
샘솟았다.

'한 달이라고 했지……. 좋았어! 그전에 루켄스 자작을 무
릎 꿇려 버리겠어!'

2만이 넘는 병사와 네루만의 정식 주인으로 인정받을 수
있는 루켄스 자작과의 일전.

결코 물러서거나 타협하고 싶은 마음은 없었다.

사나이 강혁이 가는 길.

오직 빛나는 승리뿐이었다.

쿠오오오오오오오오오오!

외인 창공단이 보이자 길게 울음을 토하며 자신의 귀환을
알리는 베베토.

키오오오오오오!

쿠으으으으으으으으!

뒤따라오던 와이번들도 사람들 심장을 놀라게 울음을 길
게 토했다.

땡! 땡! 땡! 땡!

그리고 여러 마리의 와이번이 나타나자 솥에 볶은 콩처럼
튀어나오는 용병들.

요란하게 종을 울리며 적이 나타났음을 알렸다.

‘제법이군!’

자신들의 힘으로 어찌할 수 없건만 활을 겨누거나 무기를 꼬나들고 전투태세를 갖추는 용병들.

그들의 병사다운 행동에 마음이 흐뭇해졌다.

“튀어라!”

“으아아아아! 살고 싶으면 모두 도망쳐!”

“엄마아~!!”

‘컥!’

하지만 그 흐뭇함은 3초도 지나지 않아 얼굴을 구기게 만들었다.

‘그럼 그렇지. 에휴.’

공포에 질려 매에 놀란 토끼처럼 사방으로 도망치는 용병들.

어찌나 빠른지 100미터 세계 신기록을 수립할 정도의 속도로 사방으로 토꼈다.

“여, 영주님이다!”

“어? 진짜 영주님이네?”

그나마 정신을 차리고 있던 몇 놈이 나를 발견하곤 영주라고 소리쳤다.

내가 없는 사이 용병들도 이제 나를 영주 취급하기로 작정한 것 같았다.

"영주님이 오셨다!"

다른 와이번들과 확연히 구별되는 베베토의 몸체와 나를 확인하고 그제야 도망가는 것을 멈춘 용병들.

쉬이이이이이이익.

베베토가 날개를 펄럭이며 창공단의 활주로에 천천히 하강하였다.

퍼럭, 퍼러러럭.

그리고 뒤따라 착륙하는 나머지 다섯 마리의 와이번.

"테, 테미르 놈들의 와이번이다."

"헉! 저놈들이 왜 여기에 온 거야?"

네루만 용병들답게 주술로 몸을 휘감은 테미르 와이번들을 알아보았다.

"오셨습니까, 주군."

나와 와이번들을 바라보며 굴러가지 않는 돌머리를 굴리는 용병들 사이에서 데르발이 달려왔다.

"별일 없었지?"

"아무 문제도 없었습니다. 그런데 이 와이번들은……."

"주웠어."

"네? 줍다니요? 와이번을요?"

"테미르 부족 놈들이 어떻게 알았는지 루켄스 자작을 무찔러 달라고 다섯 마리나 헌납해 주더라고. 그리고 죽은 와이번도 두 마리씩이나 잘 해체해서 선물로 주고 말이야.”

“역시 주군이십니다!”

내 말도 안 되는 설명에 감격과 존경을 가득 담은 눈으로 바라보는 데르발.

아마 흙으로 빵을 만들 수 있다는 말도 믿을 눈치였다.

“와아! 이 돈 덩어리는 다 뭐야!”

한바탕 난리가 났건만 풀어 헤쳐진 옷을 걸치고 어슬렁거리며 나타나는 라이케르.

와이번을 보는 눈동자가 욕망으로 번들거렸다.

“이놈 한 마리만 팔면…… . 흐흐…… . 꿀꺽.”

머릿속에 계집과 술 생각밖에 없는 라이케르의 음흉한 눈동자.

‘이러고도 와이번을 달라고 해? 이 뻔뻔한 인생 같으니라고.’

아무리 내가 스카이나이트가 필요해도 라이케르에게는 주고 싶지 않았다.

고양이에게 굴비 맡겨놓고 외출하는 정신 나간 인간하고 무슨 차이가 있겠는가.

“데르발, 즉시 이 와이번들이 쉴 수 있는 격납고를 만들어주게. 그리고 싱싱한 먹을 것 좀 가져다줘.”

“명!”

'크크. 아그들아, 이제부터 이곳이 너희들의 고향이다. 한 번 잘해보자.'

베베토 뒤에서 호위하듯 자리를 잡고 앉는 순진한 시골 촌놈 와이번들.

그들을 바라보자 흐뭇한 마음이 다시 샘솟았다.

'저놈들과 사냥을 나가면 도대체 얼마를 벌 수 있는 거야?'

쪼금만 노력하면 다 돈으로 직결되는 네루만 평원.

이제 쓸어 담기만 하면 되는 판이었다.

"테미르 놈들이 길들인 와이번이 다섯 마리나 왔다고?"

중요한 물건들 때문에 신경이 예민해져 있는 귀에 들려오는 보고에 루켄스 자작은 다시 한 번 되물었다.

"그렇습니다. 아직 정확한 정보는 들어오지 않았지만 확실히 테미르 놈들의 와이번 다섯 마리가 합류했다는 보고입니다."

루켄스는 멍청이가 아니었다.

카이어라는 애송이 준남작이 끌어 모은 용병들 중에는 루켄스의 세작들도 있었다.

그리고 중요한 정보들은 속속 보고되었다.

"설마 테미르 놈들과 연합을?"

"그건 아닐 것입니다. 주군께서도 아시다시피 테미르 놈들은 타협을 모르는 외골수 종족들입니다. 그런 놈들이 연합을 한다는 것이 말이 안 됩니다. 놈들이 그렇게 쉽게 연합할 생각이었다면 주군의 제안을 진작 받아들이지 않았겠습니까."

이미 오래전부터 테미르 종족들과 협상을 벌여왔던 루켄스였다.

루켄스도 알고 있었다.

대륙에 있는 그 어떤 제국이나 왕국들과 달리 쉽게 와이번을 길들여 사용할 수 있는 테미르 놈들.

몬스터와 마수들 천지인 북부 대륙에서 살아남을 수 있었던 이유 중 하나가 일당백의 전투력과 바로 와이번 때문이었다.

"제법 신경 쓰게 만드는 놈이군……."

네루만에 온 날이 얼마 되지도 않건만 냉정함의 표상인 루켄스를 서서히 긴장시키는 애송이 준남작.

루켄스의 이마가 살짝 찌푸려졌다.

"지금이라도 말만 하시면 바로 처리하겠습니다."

속을 알 수 없는 루켄스를 보며 부관이 조용히 다시 한 번 공격을 건의하였다.

"크크. 아니야. 지금은 놈보다 물건을 전달하는 것이 먼저다. 그건 그렇고, 그들은 어디까지 왔나?"

"연락용 새 키르트로 연락이 오기를, 이제 항구에서 출항
했다 합니다. 저희는 앞으로 4일 후 이곳에서 수송선을 출발
시키면 될 것입니다."

"4일 후라……. 크크, 기다려지는군."

어지간해서는 감정을 내색하지 않는 루켄스가 이를 드러
내며 희미하게 웃었다.

물건이 전달되고 약속한 물건들을 인도받으면 더 이상 네
루만에서 자기를 어찌할 자는 없을 것이었다.

그리고 그들의 협조만 받는다면 단시간에 네루만을 대륙
최고의 영지로 만들 자신이 있었다.

"항상 말하는 바이지만 마지막까지 최선을 다하라. 이번
일에 내 모든 것이 걸렸다."

"명심 또 명심하겠습니다."

루켄스의 명령에 고개를 숙이는 수석 부관 기사 델바도.

그들이 대화를 나누는 사이 가데인 성에 어둠이 짙게 몰려
왔다.

아주 조용히 음모를 생성하는 인간들의 마음처럼…….

"접근이 불가하다고?"

"엄청난 경비라 합니다. 수송선 부근 사방 2킬로 이내는 어
떤 자를 막론하고 참살한다고 합니다. 또한 사병들 반수 이상

이 투입됐고, 와이번들이 수시로 순찰을 돈다고 합니다."

'도대체 뭐가 있기에 그렇게 보호를 하는 거지?

"이상하네……. 놈들이 수송선을 띄워봤자 바다로 나가면 해적 놈들에게 털릴 텐데. 왜 수송선을 그리 보호하는 것이야? 혹시……."

가끔씩 똑똑한 말을 뱉어낼 줄 아는 라이케르의 입에서 '혹시' 라는 말이 흘러나왔고, 데르발과 나의 시선은 자연스럽게 라이케르에게 향했다.

"흐흐. 루켄스 그놈이 수송선을 개조해서…… 최신식 이동 술집을 만들려는 것은 아닐까? 아! 씨바, 그거 나중에 내가 하려고 아껴둔 사업 상품이었는데. 루켄스! 역시 만만한 자가 아냐!"

주먹을 불끈 쥐며 안타까움을 불같이 토하는 라이케르.

퍼억!

"크아악!"

왼편에 있던 라이케르의 얼굴에 그대로 주먹을 날렸다.

쿠당탕.

"아씨! 왜 때려요!"

눈을 부여잡고 살짝 개기는 라이케르.

"한마디만 더 지껄이면 내일 아침 너는 베베토의 똥으로 나올 것이야."

“끙…….”

사람의 인내심을 극한으로 시험하는 변태 라이케르.

맞고서야 입을 콱 다물었다.

“라이케르 말대로 그 점도 수상합니다. 루켄스 자작이 멍청이가 아니고서 수송선을 준비했을까요? 듣기로 네루만 평원의 앞바다는 해적 놈들의 놀이터라 불리는 곳인데 말입니다.”

데르발이 살짝 눈을 감으며 고심에 빠져들었다.

‘해적과 루켄스. 딱 어울리는 조합이네.’

한 쌍의 잘 어울리는 바퀴벌레와 같은 해적과 루켄스.

답은 뻔하였다.

‘해적 놈과 무언가 거래를 하려는 것이야. 그 물건이 무엇인지 몰라도…….’

“아마도…….”

생각에 잠겨 있던 데르발이 생각을 정리한 듯 입을 열었다.

“그거겠지?”

데르발을 바라보며 의미심장한 말을 꺼내었다.

“그럴 것입니다. 이 정도로 자극했는데 움직이지 않는다면 우리보다 수송선에 있는 그 무엇이 중요하다는 것입니다. 그것도 그놈들과 무언가 연관이 있겠지요.”

똑똑한 데르발의 말에 고개를 끄덕였다.

“으아아! 지금 무슨 말을 하는 겁니까? 아마도는 뭐고, 그
거는 또 뭡니까? 사람 앞에 놓고 바보 취급하는 것도 아니고!
이거 너무들 하는 거 아닙니까!”
　데르발과 암호 같은 말을 주고받자 귀를 쫑긋하며 듣고 있
던 라이케르가 참지 못하고 벌컥 입을 열었다.
　퍽!
　“크아아아악!”
　그리고 라이케르의 말이 끝나기 무섭게 응징에 나서는 주
먹.
　퍼버벅, 퍼벅!
　오른쪽 눈탱이에 이어서 왼쪽 눈탱이를 가격당한 라이케
르가 고통에 바닥을 굴렀다.
　그런 라이케르를 향해 응징에 나선 두 발.
　“으아악! 사람 살려!”
　무차별적인 공격에 돼지 멱따는 비명을 지르는 라이케르.
　‘지금 내 발에 맞는 물건은 사람이 아니라 오크다, 오크
다.’
　귀를 닫고 자기 최면을 걸었다.
　퍽! 퍽! 퍼버벅!
　최면의 효과로 더욱 힘이 들어가는 발.
　오늘 날 잡았다.

와이번들을 통하여 습득한 경험.

말로 안 되면 답은 주먹밖에 없었다.

"테미르 놈들의 와이번이 와 있다고!"

"놀랍게도 한두 마리도 아닌 다섯 마리라 합니다."

"어떻게 그럴 수가 있지? 다른 와이번들과 달리 테미르 놈들이 사용하는 와이번은 충성도가 아주 높은 놈들인데……."

허탈한 목소리와 함께 제니스 남작의 기다란 속눈썹이 파르르 떨렸다.

"벌써 카이어가 보유한 와이번이 일곱 마리나 됩니다. 만약 그놈들에게 방어구와 스카이나이트들이 충원된다면……."

제니스의 스카이나이트인 베르케스가 떨떠름한 표정을 지으며 말을 줄였다.

카이어가 루켄스 자작에게 도발하는 순간 곧 도움을 청하러 올 줄 알았다.

아니, 상식적으로 그것은 당연한 일이었다.

아무리 뛰어난 스카이나이트와 와이번이라 해도 물량 앞에는 무릎을 꿇을 수밖에 없는 것이다.

그런데 예상을 뛰어넘어 버리는 카이어의 능력.

팔미어를 죽이고 그 와이번을 차지한 데다가 이번에는 테미르 놈들의 와이번도 격납고에 고이 모셔두었다고 한다.

그것도 이곳에 부임한 지 몇 달도 아닌 한 달도 못 미치는 기간에 벌어진 일.

카이어를 생각하며 다들 입을 다물었다.

"도대체 정체를 알 수 없는 자다. 그 짧은 시간 안에 어떻게 그 많은 용병들을 규합하고 덴포스 백성들의 마음을 휘어잡았는지……."

제니스의 곤혹스러운 마음이 담긴 목소리.

자신들이 계획했던 일들과 전혀 다르게 흘러가자 머리가 복잡해졌다.

"한 번 찾아가 볼까요?"

작은 키에 단단한 체격의 아티스안이 카이어를 방문하자는 말을 꺼내었다.

"아직은 아니야. 아무리 와이번이 격납고에 가득하면 뭐해. 스카이나이트도 없고, 더군다나 와이번들이 인간들도 아니고 쉽게 전 주인을 배신하지는 않을 것이야."

베르케스가 반대 의견을 내었다.

"음……."

이러지도 저러지도 못한 제니스.

카이어가 고개를 숙이고 들어오는 순간, 루켄스 자작과 일전을 벌이려 전 병력을 비상 대기시켜 놓고 있었다.

"며칠 더 두고 본다. 우선 카이어와 루켄스 자작의 동태를 잘 살피도록."

"그게 최선의 방법이겠지요."

"쳇, 굴러온 돌이 이렇게 클 줄이야……."

제니스의 명령에 두 스카이나이트가 쓴 입맛을 다셨다.

자칫 굴러온 돌이 박힌 돌을 빼내는 것이 아니라 박살을 낼 수도 있는 작금의 현실.

자기들이 십 년 넘게 공을 들여도 얻지 못한 것을 단숨에 이뤄내는 그 불가사의한 존재에 입맛이 쓰지 않다면 그건 사람이 아닐 것이다.

날도 참 좋았다.

시커먼 낮은 구름이 별빛도 막아주는 밤.

어쎄신처럼 착 달라붙는 검은 옷을 걸치고 잠입을 시도하고 있었다.

'경비가 정말 삼엄하군.'

루켄스라는 놈이 해적들과 무언가 거래를 하려 한다는 것은 충분히 짐작 가능한 일이었다.

하지만 그 내용물이 문제.

궁금함에 직접 정찰을 나왔다.

그리고 지금 보이는 광경.

십여 명씩 무리를 진 병사들이 선착장 주변을 빽빽이 에워

싸며 순찰을 도는 모습에 잠시 숨을 골랐다.

'도대체 얼마나 중요한 물건이야?'

더 궁금해지는 물건의 정체.

배의 크기는 생각보다 더 컸다.

길이는 약 30미터 정도에 물 위에 드러난 높이만 해도 5미터 정도.

통통한 모양이 전용적인 수송선이었다.

그런 수송선이 모두 다섯 척.

'인비지빌리티 마법만 펼칠 수만 있다면 좋으련만.'

7서클 마법에 속해 있는 투명 마법.

공식은 알고 있지만 서클이 완성되지 않아 펼칠 수 없었다.

하지만 이대로 물러날 순 없었다.

'때마침 안개도 불어오고……'

"포그!"

제법 큰 나무들 사이에서 안개 마법을 펼쳤다.

강가에 비가 오려 낮은 구름이 잔뜩 낀 날씨.

<u>스스스스스스스스스스스스스</u>.

100미터 정도 떨어진 지점에서 마법이 발현되며 안개가 사방으로 몰려갔다.

수분이 많은 강가와 날씨 덕분에 위력의 반배 정도가 더해지는 포그 마법.

마나가 제법 많이 빠져나가며 대기에 있는 마나와 합쳐져 안개로 변형이 되었다.

"무슨 안개가 이리 많이 껴?"

"쳇, 벌써 한 달째 이 고생인데."

"쉿. 목소리가 너무 커. 감시관에 걸리면 태형감이야."

내 근방에서 순찰을 돌던 병사들 몇이 투덜거렸다.

"헤이스트."

그들이 지나쳐 가고 안개가 짙게 깔리자 헤이스트 마법을 펼쳤다.

팟!

마법 발현 때문에 짧은 빛이 일었지만 납작 엎드려 검은 로브로 가렸기에 많은 빛은 새어나가지 않았다.

고개를 들어 주변을 살폈다.

다행스럽게 나를 발견한 자들은 없었다.

스슥, 스스스슥.

강가 주변이라 갈대가 우거져 있었고, 그들 사이를 바람처럼 숨어들어 갔다.

마나 스탭과 동시에 펼쳐지는 헤이스트 마법.

거짓말 안 하고 100미터를 전력 질주하는 것의 세 배만큼 빠른 속도감이었다.

'저쪽에 한 무리.'

마나를 개방하며 달렸기에 확확 느껴지는 병사들의 기척.

그들 사이를 미꾸라지처럼 빠져나가며 빠르게 배에 접근하였다.

쿠오오오오오오오!

'저놈의 닭대가리들이!'

안개가 자욱하게 깔린 강가 위를 날던 와이번이 낮은 울음소리를 토했다.

욕을 퍼부으면서도 몸은 어느새 선착장 부근에 다다랐다.

타다닥, 타닥.

하지만 선착장 부근은 짙은 안개가 끼어 있음에도 어느 정도 앞을 볼 수 있을 정도로 장작불의 불빛이 사방을 비추었다.

"실프 소환."

정숙이 생명인 지금.

마법보다는 정령이 쓸모가 많았기에 실프를 소환했다.

스슥.

소환 명령에 살짝 바람을 일으키며 나타나는 실프.

안개 때문에 반투명한 실프의 모습이 거의 보이지 않았다.

"실프, 가서 저 불들을 다 꺼버려."

끄덕끄덕.

대답 대신 고개를 끄덕이는 실프.

휘이이잉.

콰다다당.

"헉! 뭐, 뭐야!"

"무슨 바람이 이렇게 거칠어?"

장작불이 실프의 입김에 사방으로 날리자 병사들이 깜짝 놀랐다.

"뭣들 하느냐! 어서 불을 밝혀라!"

성난 기사의 목소리가 울렸다.

스르륵.

잠깐이었지만 장작불이 날려가 안개가 가득 덮쳐 버린 주변.

가볍게 놈을 날려 배 고물 위로 사뿐히 스며들었다.

'이거 생각보다 짜릿한데.'

영화에서 보는 첩보원이나 007 제임스 본드 같은 행동.

그냥 사과보다 훔쳐 먹는 사과가 맛있다는 어느 도둑님의 명언처럼 긴장감이 온몸에 짜르르 흐르며 묘한 흥분을 맛보게 해주었다.

'배에는 별로 없군.'

선착장이나 배 주변에는 제법 많은 병사들이 깔려 있건만, 정작 배 위에는 많은 이들이 없었다.

간간이 기사들로 보이는 자들 몇 명의 움직임만 느껴질 뿐이었다.

타닥.

고양이 걸음 정도의 소음을 만들어내며 배 중앙에 있는 통로로 몸을 날렸다.

마나를 극대화한 내 느낌에 배 안에는 사람이 없다는 것이 확실히 느껴졌다.

그렇기에 배 안으로만 진입하면 오늘의 잠입은 성공하는 것.

스스슥.

'쎄입!'

야구에서 도루를 하듯 미끄러지듯 통로에 들어가며 쎄입을 외쳤다.

그리고 나는 잠입에 성공하였다.

'어라? 이것들은 뭐야?'

들어선 배 안.

역시나 짐작대로 격자 형태의 선실에는 가득 물건이 실려 있었다.

가로세로 50센티 정도의 단단한 나무 상자.

무엇이 들어 있는지는 몰라도 가지런히 쌓여 있는 나무 상자들은 항해에도 안전하도록 밧줄에 몇 겹으로 꽁꽁 묶여 있었다.

  ‘요것들이 도대체 뭐 하는 물건일꼬?’

보석이나 식량 종류는 아님이 확실했다.

또한 무기라고 생각하기에는 부피가 너무 작았다.

  ‘마정석? 아니면 황금?’

이곳 대륙에서 중요시하는 물건들이 머리에 떠올랐다.

하지만 딱히 짚히는 바가 없었다.

투둑.

이럴 때 골치 아프게 머리로 생각할 것이 없었다.

안쪽에 있는 나무 상자들을 묶고 있는 밧줄을 풀었다.

  ‘흐흐. 이게 다 황금이나 마정석이면 얼마나 좋을까?’

  만약 이것들이 황금이나 마정석이라면 루켄스를 족쳐야
할 가장 큰 목적을 얻게 되는 것.

  흥분되는 마음을 진정시키며 상자 하나를 가볍게 개봉하
였다.

  딸깍.

  단단히 못 박혀 있지만 마나가 깃들인 손에 살포시 열리는
나무 상자.

  “엥?”

  열린 상자를 보고 터져 나오는 의문의 탄성.

  ‘이게 뭐야?’

상자 안에는 폭신한 양털에 쌓인 병이 들어 있었다.

둥그란 모양의 유리병.

그리고 그 안에 담겨 있는 푸른 광채의 액체.

'술?'

유리병에 조심스럽게 보관되어진 액체를 보자 술이 떠올랐다.

'라이케르 말대로 정말 이곳에 술집을 차릴 생각인 것이야?'

그러나 이 외지고 험난한 곳에 고급 술집을 만든다는 것은 미친 짓이었다.

'해적들이 술이 부족한가?'

하지만 그것 또한 말이 안 되었다.

뻥.

술병으로 짐작되는 유리병을 열었다.

"하아……."

병을 열자마자 풍겨오는 코를 뻥 뚫리게 만드는 상쾌한 향기.

봄 꽃 같기도 하고 박하향을 닮은 것 같기도 한 정체 모를 향기였다.

'어디서 많이 맡아보았던 냄새 같은데…….'

내 비상한 머릿속에 기억된 향기.

‘서, 설마!’

순간 번뜩이며 스쳐 지나가는 한 가지 물체.

꿀꺽꿀꺽.

급히 병 안의 액체를 원샷으로 드링크했다.

“캬아…….”

목젖을 타고 흘러 넘어가는 부드럽고 청량하고, 시원하고 알싸한 가스 활명수 같은 이 맛.

‘최상급 포션이다!’

놀랍게도 일반 포션도 아니고 3년 이상의 유통기한을 자랑하는 신의 특별 하사품, 최상급 포션이었다.

‘최상급 포션이 이 한 병이라면……. 최소 몇천 골드! 으헉! 그럼 이 배에 모두 실려 있는 포션이라면…….’

띠리리링! 바쁘게 머리가 돌아갔다.

마시는 즉시 어지간한 중상도 모두 기적처럼 치료한다는 최상급 포션.

기사들이 전투에 참여할 때 반드시 지참하는 필수 품목이 바로 이 최상급 포션이었고, 포션의 유무와 질적인 가치로 기사의 수입 상태를 알 수 있다 말할 정도로 포션은 귀하게 취급받는 물품이었다.

그런 포션이 천 상자쯤 되는 것 같았다.

‘최소 수백만 골드 이상이다. 문제는 이 포션이 대륙 가격

이라는 것. 신전과 거래할 수 없는 해적들에게 포션은……'

돈이 문제가 아닐 것이다.

바다에 사는 마물들을 물리치는 데 반드시 필요한 포션.

듣기로 케스미르 군도에 있는 해적들은 바다를 주름잡는 해상 깡패 집단.

엄청난 포션이 필요할 것이다.

'흐흐흐. 이렇게 애지중지한 이유가 그거 때문이었어?'

해적들 때문에 골치가 아픈 제국이나 왕국들은 해적들과의 무역을 철저히 봉쇄했을 것이다.

그 와중에 대륙에서도 귀하게 취급받는 성수를 해적들에게 팔아먹을 정신 나간 왕국은 없을 것.

답은 확연히 도출되었다.

'바지사장 루켄스를 내세워 성수를 공급받겠다, 이건가? 크크. 그리고 해적들은 그 대가로 루켄스의 편의를 봐주고 말이야.'

아무리 루켄스라 하더라도 지금 가지고 있는 전력만으로 네루만을 사수하기에는 무리일 것이다. 그러나 만약 해적들이 성수를 계속 공급받고자 도움을 준다면 상황이 다를 것이다.

해적들을 든든한 지원군으로 받아들인다면 몬스터 소탕과 테미르 놈들을 어렵지 않게 진압할 수 있을 것이리라.

‘이것들을 이제 어찌해야 하나.’

마법으로 그냥 다 때려 부순다면 루켄스가 할복자살하고 싶을 것이다.

하지만 이것들은 네루만 백성들의 고혈을 빨아 장만했을 것이 분명한 물건들.

아깝게 수장시키고 싶지는 않았다.

저벅저벅.

‘어?

잠시 고민하고 있는 사이 내부로 다가오는 발걸음 소리들.

사라락.

급히 상자 뚜껑을 닫고 밧줄을 묶었다.

그리고 기척을 죽이며 상자들 사이로 숨었다.

“이제 4일 남았군.”

“그러게, 지난 몇 달 동안 이놈들 때문에 고생한 생각만 해도 치가 떨리는군.”

“이해해야지. 이제 이 물건들만 잘 넘긴다면 이 네루만은 주군과 우리 차지가 될 것이야!”

“당연히 그래야지. 배신자 바즈란 제국 놈들이 떠나가면 우리 손으로 네루만을 지켜내는 거야!”

마나가 느껴지는 것으로 보아 기사임이 분명한 두 사람의 대화.

‘4일? 호오, 그렇군.’

“그건 그렇고, 카이어라는 놈이 제법 세력을 키웠다며?”

“그런가 봐. 방금 전 정보를 다루는 친구 녀석이 그러는데, 테미르 놈들이 사용하는 와이번 다섯 마리가 놈의 격납고에 있다더군.”

“더러운 놈! 그놈도 하는 짓이 바즈란 배신자 놈들과 다를 바가 없군. 테미르 놈들과 모종의 협약을 맺었음이 분명해!”

‘참나, 이것들도 소설을 쓰고 자빠졌네.’

정확한 내용도 알지 못하고 비분강개한 목소리를 뱉어내는 두 놈.

마음 같아서는 함부로 나불거리는 주둥이를 걷어차고 싶었지만 오늘은 참아야 했다.

“다음 배로 가세.”

“흐흐. 그래, 우리 이쁜이들 보러 가세.”

“침 닦아. 그년들은 상품이란 말이야.”

‘그년? 상품?’

내 의문을 풀어줄 생각도 하지 않고 밖으로 사라지는 두 놈의 기사.

‘다른 배에는 여자들이 있는 것 같군.’

덴포스를 점령할 때 루켄스 자작의 저택에서는 납치된 여자들은 거의 보이지 않았다.

아마도 그 여인들은 이곳으로 모두 끌려온 것 같았다.

'오늘은 일단 물러나야겠다.'

최고급 성수가 담긴 포션과 납치된 여인들이 있다는 것을 안 것만으로도 큰 수확이었다.

'루켄스, 넌 정말 용서가 안 되는 종자야.'

정확히 얼굴을 본 적 없는 루켄스.

그놈의 비인간적인 상판대기가 궁금하였다.

네루만에 사는 인간들을 괴롭힌 악마 녀석.

죽도록 패고 한 대 더 때려주고 싶었다.

"어디 가십니까?"

배에 실린 물건을 확인하고 돌아온 다음날 아침.

일찌감치 낚싯대 하나를 챙겨서 베베토의 등에 올라탔다.

그러자 데르발과 라이케르가 나타나 어디 가냐고 물었다.

"잠시만 기다려. 내 큼지막한 녀석을 낚아올 테니까."

"흐흐. 카이어님은 역시 낭만을 아신다니까. 그런데 어디로 가십니까? 제가 목 좋은 자리를 알고 있는데."

'에휴, 좌우지간 저 인간은.'

먹고 노는 데에는 천재적 소질을 보이는 라이케르.

마스터에 이른 실력만으로도 대단했지만, 그 정도로 목숨을 장담할 정도는 아니었다.

그런 현실을 깨닫고 좀 더 분발해야 할 라이케르였건만, 전혀 노력이라는 것은 보이지 않았다.

"데르발, 오늘은 푹 쉬어. 라이케르, 용병들에게 며칠 휴가를 줄 테니 마음껏 마시고 놀라고 해."

"오!! 주군, 그 크신 은혜에 감사드립니다."

놀라는 말에 고개를 푹 수그리며 존경을 팍팍 보이는 라이케르.

'저 인간에게는 매도 효과가 없군.'

그렇게 나에게 밝혔건만 전혀 반성이나 긴장의 빛을 보이지 않는 라이케르의 꿋꿋한 모습.

매로도 안 되는 이들이 가끔씩 있는 것 같았다.

'다음에는 묻어버릴까?'

매로도 안 되면 다음 수순은 딱 하나.

한 10미터 깊이로 푹 파서 묻어버리는 수밖에 없었다.

"다녀올게. 베베토! 가자!"

쿠오오오오!

자기를 하늘처럼 떠받드는 와이번들이 생기자 요즘 더 기고만장한 베베토.

창공단이 떠나가라 큰 울음을 토하며 황금 줄무늬 날개를 활짝 펼쳤다.

"와우!"

도도히 네루만 평원을 가로지르는 로베트 강.

그 폭이 한강의 몇 배나 될 정도로 강은 깊고도 넓었다.

'강의 상류가 하비스 왕국의 국경에 거의 닿아 있다 이거지. 나중에 수로로 이용하면 훨씬 경제적이겠군.'

루켄스 자작의 수송선이 있는 곳에서 몇 시간 떨어진 곳에 자리를 잡았다.

'덴포스 시에서 달려오면 한 시간 거리. 딱 좋아.'

말은 낚시를 하러 왔다 했지만 목적은 따른 곳에 있었다.

'마법진을 저 바위들에 설치하면 좋겠어.'

강의 양쪽으로는 단단해 보이는 검은색 바위들이 자리 잡고 있었다.

펄떡펄떡.

쿠오오! 쿠오오!

'헐, 민물고기가 저리 커도 돼?'

상식을 파괴하는 이곳 대륙의 생물들.

지금도 잉어 비슷한 놈이 물 밖을 차고 튀어 올랐다.

그런데 놀랍게 그 크기가 거의 2미터에 이르는 대형 어종.

눈깔 좋은 베베토가 물고기를 발견하고 기쁨의 탄성을 질렀다.

"그래, 넌 고기나 잡아라. 난 일을 할 터이니."

내 일에 전혀 도움이 안 되는 베베토.

할 일 없이 놀리고 싶지 않았다.

팟.

베베토의 등 뒤에서 뛰어내렸다.

손에는 얼마 전에 구입한 마정석과 마정석 가루가 들려 있었다.

터억.

평평한 바위 위에 닿는 약한 무릎의 충격.

마나를 다루고부터는 몸이 새처럼 가벼워졌다.

그리고 감기 비슷한 것도 걸리지 않는 강건한 체질로 바뀌었다.

"라라라~"

물가를 향하고 있는 큼지막한 바위에 서서 콧노래를 불렀다.

봄 향기와 부드러운 강물이 흐르는 곳에 이르자 상쾌해진 마음.

"플랫!"

바위를 마법을 사용하여 평평하게 반으로 갈랐다.

파스스스스.

마법 한 방에 약 2미터 정도의 넓이가 깨끗하게 잘려 나가며 평평한 면을 드러냈다.

쿠오오오오오오오오오!

철퍽철퍽.

베베토의 신나는 울음소리에 고개를 돌렸다.

"와!"

3미터는 됨직한 커다란 물고기를 발톱으로 움켜쥔 베베토.

물고기의 힘이 좋은지 밖으로 빠져나오자 몸통이 활처럼 휘어지며 몸부림쳤다.

'흐흐. 저 녀석 하나 있으면 굶어 죽을 일 없다니까.'

많이 먹고 많이 싸지만 그만큼 도움이 되는 베베토.

녀석을 선물한 신께 감사하는 마음이 절로 들었다.

'다들 잘 있나 모르겠네.'

정신없는 사건들 때문에 잠시 잊고 있었던 그리운 얼굴들.

마정석 가루를 집어 들고 잠시 그들을 생각해 보았다.

부모님과 친구들, 그리고 예린이를 비롯한 아르미스 사제와 아이린 백작, 하이네스, 아이지스 황녀와 내 순결한 첫 키스를 앗아간 남장여인 루셀.

그리운 이들의 얼굴이 아주 빠르게 머리를 스치고 지나갔다.

"조금만 기다려. 네루만을 대륙 최고의 도시로 개발해서 다들 초청할 테니까!"

생각만 해도 즐거운 이들의 얼굴을 생각하며 마법진을 그려갔다.
　파라다이스 대륙 네루만을 만들기 위해서는 일단 루켄스, 그 사악한 악당을 처치하는 것이 첫 번째 목표였다.

Chapter 51

결전의 장

“모두 놀고 있다고?”

“그렇습니다, 주군. 정보원들의 말에 의하면 며칠 전부터 보너스를 주며 용병들에게 푹 쉬라고 했답니다. 그리고 카이어라는 자는 강에 나가 낚시를 하고 있다 합니다.”

“낚시? 크크크. 재미있는 녀석이야……. 이런 순간에 살아남을 궁리나 할 것이지.”

“아마 놈도 주군이 가지신 힘을 알고 포기한 것이 아닌가 사료됩니다.”

“아니야……. 그래도 뭔가 수상해.”

오랜 세월을 함께한 수석기사이자 참모인 델바도의 말에 루켄스 자작은 고개를 저었다.

"어차피 잠시 후 배가 출발하면 모든 것이 끝날 것입니다. 그리고 내일, 카이어라는 놈은 목을 내놓거나 도망을 쳐야 할 것입니다."

4일이라는 시간은 쏜살같이 흘러갔다.

대형 수송선이라 하지만 거친 바다를 건너다 침몰할 수도 있는 상황.

아직까지 네루만을 형식적으로 다스리고 있는 총사령관의 눈을 피해 강만 벗어나면 그만이었다.

그리고 바다에 배가 닿는 순간, 접선해 있던 그들에게 물건을 인도하면 모든 것이 끝이었다.

"수송선이 떠나면 남아 있는 병사들에게 술과 고기를 양껏 지급하라. 그리고 내일, 그놈을 잡으러 간다."

"명!"

어둠이 내려앉는 순간 수송선은 강을 출발할 것이다.

'애송이 녀석, 네놈의 배를 갈라 직접 확인할 것이다. 얼마나 간댕이가 부었는지…….'

루켄스의 입가에 비릿한 미소가 걸렸다.

내일 찾아올 피의 살육.

'제니스……. 다음은 네년 차례다. 흐흐흐.'

네루만에 남아 있는 마지막 정식 귀족 제니스.

그동안 총사령관과 입게 될 피해 때문에 놔두고 있었지만 이제는 정리할 시간.

루켄스는 마음먹었다.

며칠 내로 이곳 네루만을 정식으로 모두 접수하기로 말이다.

"라이케르, 녀석들은 믿을 만해?"

"흐흐. 특별히 뒤가 깨끗한 녀석들만 선발했습니다. 저만 믿으십시오, 주군."

믿어달라면서 음흉한 미소를 흘리는 미남자 라이케르.

믿고 싶지 않았지만 일단은 손이 필요했다.

"데르발, 다른 용병들은 출발했나?"

"네, 주군. 사냥을 한다는 말에 다들 신이 나서 도시 밖에로 나갔습니다."

'이제 슬슬 움직여 볼까.'

지난 며칠간 베베토와 함께 낚시를 하며 시간을 보냈다.

그리고 시간은 흘러 루켄스 수송단이 출발하는 그날이 되었다.

"라이케르, 다시 한 번 말하지만 내가 할 일은 적들을 분산시키는 것뿐이다. 절대 고전을 하면 안 된다."

"저만 믿으시라니까요. 흐흐."

기생오라비 같은 징그러운 웃음을 흘리는 라이케르의 믿으라는 말.

다른 놈은 다 믿어도 어째 라이케르에게는 절대 신임이 가지 않았다.

'그래, 녀석들만 유인해 준다면 그까이꺼 와이번 한 마리 내준다.'

아무리 나라 해도 한꺼번에 열한 마리의 와이번을 상대할 수는 없었다.

테미르 놈들처럼 무방비의 와이번도 아니고, 4서클 마법까지 방어가 되는 마법 방어구를 착용한 와이번과 공중에서 잔뼈가 굵은 스카이나이트들.

그렇기에 어쩔 수 없는 편법을 사용해야 했다.

"도색은 완벽하지?"

"가까이 가지만 않는다면 들킬 염려는 없습니다. 어차피 주군과 똑같은 마법 방어구와 에어 플레이트를 착용하고 있으니 말입니다."

"그럼 바로 출발한다. 데르발은 도시 밖에 대기하고 있는 용병단을 이끈다. 하늘에 달이 중앙에 이르렀을 때 가데인 성에 이르러야 한다."

"걱정하지 마십시오. 도시에 있는 말을 싹 끌어모았으니 그것은 염려하지 않으셔도 됩니다."

데르발의 말처럼 도시 안에 있는 말들을 모두 긁어모았다.

그리고 약 500명의 용병들에게 말을 지급했다.

'모 아니면 도다!'

어차피 이렇게 큰 판은 한 판 승부가 모든 것을 좌우하는 법이었다.

"그럼 바로 출발한다. 제군들의 무운을 빈다!"

"주군의 건승을 기원합니다!"

"헤헤. 저만 믿으시라니까요!"

데르발을 빼고 그리 믿음이 가지 않는 용병들과 라이케르.

그러나 화살은 쏘아졌고, 로또 판은 돌기 시작했다.

'루켄스, 오늘 내 빤스까지 벗겨먹으리라! 움하하하!'

지상군이야 별 의미 없는 이곳 네루만.

루켄스와 그 일당만 잡으면 털도 안 뽑고 다 잡아 먹을 수 있었다.

"출발하라!"

"돛을 펼쳐라!"

잔잔하게 부는 강바람.

어둠이 짙게 내려앉은 가데인 성 인근의 선착장에서 수송선의 돛이 펼쳐졌다.

파라라락.

순식간에 바람을 먹은 돛이 만삭의 여인처럼 불쑥 튀어 나왔다.

"스카이나이트 기사들은 상승하여 방어 대형을 이루도록!"

파락파락, 파라락.

공중에서 대기하고 있던 다섯 마리 와이번의 뒤를 이어 나머지 여섯 마리의 와이번이 달빛 시린 공중으로 날아올랐다.

그리고 공중전의 전형적인 방어 대형인 마름모꼴로 대형을 만들어냈다.

사방 어느 곳에서 공격해 와도 방어가 가능한 방어 대형.

쉬익, 쉬이이익.

길게 원을 그리며 배 주위의 상공을 넓게 배회하였다.

"편대 방어 대형!"

후방에 있던 루켄스 자작의 입에서 편대 방어 대형의 명령이 떨어졌다.

4마리의 와이번이 한 조가 되어 주변을 경계하는 대형.

평소 연습이 철두철미했던 루켄스 자작의 스카이나이트들은 네 명이 한 조가 되어 사방으로 흩어졌다.

'훌륭해.'

어지간하면 자신의 감정을 드러내지 않는 루켄스 자작은 달빛을 받아 반짝이는 마법 방어구가 흩어지는 모양에 만족스러운 미소를 띠었다.

자신감이 아니라 제국 황실 근위 스카이나이트들도 두렵지 않은 실력을 갖추었다 생각이 들었다.

'애송이……. 한번 와보거라. 흐흐흐.'

오늘 들어온 첩보에 의하면 총사령관 야이크스 백작을 공격하던 테미르 놈들의 와이번들을 정령과 마법으로 격퇴시키고 나포했다는 이야기가 들려왔다.

하지만 그 말을 믿지 못했다.

어찌 마법사가 정령을 소환할 수 있단 말인가.

마검사는 이야기를 들어보았어도 정령 마법사는 대륙 역사상 거의 등장하지 않았다.

스르르르르르륵.

사방을 호위하는 와이번 편대의 중앙에서 비행을 하는 루켄스 자작.

그 밑으로 바람과 흐르는 물살의 힘에 쭉쭉 전진하는 수송선이 보였다.

몇 년 동안 악착같이 모은 전 재산을 털어 장만한 오늘의 교역물.

이 물건을 발판 삼아 루켄스는 자신의 야망을 더 크게 확장시킬 것이었다.

휘리리리리링.

'바람이 좋군.'

봄기운이 완연하기에 부드럽기 그지없는 바람의 느낌.

밖의 기온을 차단하는 에어 플레이트를 착용하고 있기에 춥거나 더운 느낌은 없었다.

하지만 스쳐 가는 바람 소리만 들어도 계절과 바람의 맛을 알 수 있었다.

스카이나이트.

그들은 누가 뭐라 해도 바람의 아들들이었다.

'바람이 좋군.'

다른 와이번들보다 더 높이 날 수 있는 베베토.

저 멀리 라이케르를 앞장세우고 더 높은 창공에서 바람을 맞이했다.

'라이케르가 나타나면 적어도 일개 편대는 이탈할 것이다. 그렇다면 남는 것은 일곱에서 여덟 마리. 최대한 빨리 처리해야 한다.'

이제는 실력을 감출 것도 없었다.

루켄스만 처리하면 네루만에서 나를 어찌할 자는 아무도 없었다.

'제니스, 이제 내 선택만 남았다. 만약 오늘 이후로 나를 찾아온다면, 넌 내 적이다.'

덴포스를 출발하기 전에 제니스에게 파발마를 띄웠다.

지금 루켄스를 처리하러 간다.

마음이 있다면 전투에 참가해도 좋다.

그러나 오늘 이후로 만나면 그대도 적으로 삼겠다는 짤막한 경고와 회유의 내용.

나에게 호의를 베풀어준 제니스에 대한 마지막 배려였다.

'앞으로 이 속도로 가면 10분. 화끈하게 몸 좀 풀어볼까?

오늘따라 유난히 큰 보름달.

낮과 달리 은은하게 대지를 밝히는 달빛이 주는 아름다움에 숨이 막혔다.

창공을 지배하는 자만이 맛볼 수 있는 이 맛.

복분자주에 먹는 자연산 장어도 부럽지 않은 기가 막힌 맛이었다.

"…경고이자 회유인가."

손에 들린 하얀 종이를 와락 움켜쥐는 제니스.

그녀의 갈색 눈동자가 차갑게 빛났다.

"두 마리의 와이번이 출격했다 합니다."

"두 마리? 지금 장난해? 루켄스 자작은 열한 마리의 와이번을 보유하고 있어. 그것도 최상급 스카이나이트들이 조종하는."

베르케스의 말에 아티스안이 어이없다는 표정을 지었다.

삼 배수 불패의 법칙이 있다.

아무리 뛰어난 스카이나이트라 하더라도 세 배 이상의 전력에는 반드시 패한다는 전통 공식.

역사상 삼 배수 이상의 전력 앞에서 승리한 자는 별로 없었다.

바즈란 제국의 초대 황제인 바람의 황제 바힐라인을 비롯한 몇몇 뿐이었다.

"차라리 뒤통수를 칩시다. 루켄스에 이어서 카이어라는 자도 우리에게 적의를 드러낸 이상 이대로 있을 수 없습니다. 놈들이 접전하는 틈을 봐서 뒤통수를 제대로 쳐야 합니다!"

말머리를 닮은 베르케스가 강하게 나왔다.

"비겁하게 뒤통수는……. 그냥 이삭줍기는 어떻습니까? 카이어 준남작이 제법 실력이 있다고 소문이 나 있잖습니까. 그자가 한 네, 다섯 마리의 와이번과 장렬히 산화한다면 우리에게도 충분히 승산이 있을 것입니다."

정면대결은 꿈도 꾸지 않는 베르케스와 아티스안.

그들은 자신들의 실력을 너무 잘 알고 있었다.

"비행 준비해. 그리고 전 병사들에게 명령해. 오늘 밤, 가데인 성을 공격한다!"

"네? 가, 가데인 성까지 말입니까?"

"만약… 카이어가 루켄스를 잡는다면 난……."

뒷말을 잇지 않는 제니스.

네루만의 안녕과 평화보다는 제니스에게 중요한 것은 복수.

제니스의 갈색 눈동자가 하늘의 별처럼 빛났다.

"바로 출발한다. 절대 루켄스를 양보할 수 없다!"

"명!"

제니스의 확고한 명령에 두 명의 스카이나이트는 고개를 숙였다.

내일 아침 환히 웃어 승자의 기쁨을 누릴 수 있게 해달라고 승리의 여신 오르미온님께 간절히 기원하면서.

"자! 사냥을 떠난다! 모두 출발!"

"끼오오오오오! 다 죽었어!"

"움하하하! 가장 큰 몬스터를 잡아 포상금을 갖겠다!"

"달려! 이 밤이 새도록 달려!"

'휴우……. 용병들이란.'

자신들이 지금 어디로 가고 있는지도 모르고 좋아서 환호성을 지르는 용병들.

그 용병들을 보며 한숨짓는 데르발.

어차피 주 전력이 아니었지만 이 오크와 비슷한 성향을 소유한 용병들과 몇 시간을 달릴 생각을 하자 끔찍했다.

'그래도 며칠 돈을 풀었더니 충성도는 올라갔군.'

평소 기사인 데르발의 명령에도 시큰둥했던 용병들.

며칠 돈을 줘가며 푹 쉬게 만들었더니 제법 말을 들었다.

"이럇!"

"달려!"

착! 착! 차작!

"히이잉!"

말에 가해지는 채찍 소리가 사방을 울렸고, 곧 용병들의 말이 데르발의 뒤를 따라 힘차게 앞을 달려나갔다.

지금 자신들이 어느 곳으로 가고 있는지 아무도 모르고 말이다.

'왔다!'

높은 곳에 있는 새가 시력이 좋다고 누가 말했던가.

라이케르가 몰고 있는 베베토를 닮은 위장 와이번은 내 밑으로 거의 1킬로 정도 떨어져 있었다.

그리고 그 너머 하늘을 가르며 날아오는 은빛 마법 방어구의 빛깔이 눈동자에 들어왔다.

'오늘을 위하여 마법 방어구를 제거했다. 거기에 검은색으로 완벽히 도색까지 했다.'

승리를 위하여 베베토의 마법 방어구를 제거했다.

어차피 한 방 맞으면 패배는 기정사실.

절대 승리를 위해 베베토의 황금빛 무늬를 검정색 물감으로 채색했다.

'베베토. 주인이 강하지 못해 미안하구나. 하지만 다음에
는……'

실력없는 주인을 만나면 아무리 뛰어난 와이번도 무용지물.

난 그런 주인이 되기 싫었다.

내가 누리는 영광을 베베토와 함께 소유하고 싶었다.

'발견했군.'

저들도 장님이 아니기에 라이케르를 발견한 것 같았다.

아니, 발견 못하면 바보가 분명했다.

눈에 확 띄게 마법 방어구를 윤이 나게 닦았고, 검은 물감
에 야광색의 황금 줄무늬로 도색을 하였다.

휘이이익.

적들이 발견했음을 감지한 라이케르가 오른쪽으로 기수를
틀었다.

'제대로 훈련을 받았군.'

나와는 달리 체계적으로 훈련을 받은 듯 라이케르는 출발
부터 완벽한 모습을 보였다.

덜렁거리는 평소 모습과 달리 비행하는 자세는 완벽했다.

'하나, 둘, 셋, 넷. 일개 편대를 네 마리로 이루었군.'

방어 대형을 이루다가 라이케르를 발견하고 황급히 공격
대형으로 전환하는 루켄스의 기사들.

삼각 대형으로 전환하며 급히 속력을 내었다.

'그럼 잘 부탁해, 라이케르.'

내 명령대로 힘차게 도망치는 라이케르.

그 모습을 바라보며 양손에 블레스트 스피어를 집어 들었다.

'이제 남은 것은 일곱 마리. 속전속결이다!'

라이케르가 사리지고 난 뒤, 잠시 후 저 멀리 강물 위에 수송선의 실루엣이 보였다.

파락파락, 파라락!

결전의 순간이 다가왔음을 본능적으로 알아챈 베베토.

힘차게 펄럭이는 날개의 역동적인 움직임이 내 몸에 일체가 되어 느껴졌다.

그리고 밑으로 모습을 보이는 적들.

콰악.

다리에 힘을 주어 베베토에게 하강 명령을 내렸다.

쇄애애애애애애애애애애애액.

급강하를 시작하는 베베토.

'지금이다!'

급강하 중에도 눈을 부릅뜨고 날아오는 적을 향해 블레스트 스피어를 날렸다.

팟!

마나를 머금고 빛살처럼 공간을 갈라가는 스피어의 꼬리.

스슥.

급히 두 자루의 블레스트 스피어를 빼어 들었다.

그리고 다음 목표를 향해 기계적으로 스피어를 날렸다.

'썩을, 아무나 맞고 뒈져라!'

어차피 적은 넘치고 넘치는 상황.

블레스트 스피어를 아낄 필요는 없었다.

'도망을? 흥! 내가 너무 과대평가했군.'

저 멀리 달빛 사이로 애송이의 와이번이 모습을 나타날 때만 해도 루켄스는 심장이 두근거림을 느꼈다.

절대적 열세임을 알고도 나타나는 그 배짱.

멍청이 아니면 진정한 용사가 분명했다.

그런데 가까이 다가오던 애송이가 어느 정도 거리에 이르자 미련없이 도망을 쳤다.

검은 실루엣에 확연히 보이는 황금 줄무늬.

'흐흐. 넌 오늘 죽었다.'

놈의 와이번이 얼마나 속도를 낼지는 몰랐지만 이곳 네루만의 지형을 모두 숙달하고 있는 부하들에게 걸려든 이상 죽은 목숨.

루켄스는 기쁨의 미소를 지었다.

'응?'

그런데 그 기쁨의 와중에도 뜨끔거리는 뒤통수.

수십 년간 와이번을 몬 자만이 알 수 있는 창공의 살기.

놀란 마음에 고개를 들어 사방을 살폈다.

"허억!"

고개들 들던 루켄스의 투구 사이에서 흘러나오는 비명.

달빛 속에서 거대하고 시커먼 그림자가 지상으로 강림하고 있었다.

유성보다 더 빠르게 자신을 향해 내리꽂아 오는 와이번.

그리고 번쩍이는 유성.

"피, 피해!!!!!!!!!!!!!!!!!!!!!!!!!!!"

놀라는 와중에도 발작적으로 터져 나오는 비명 섞인 피하라는 말.

퍼억! 퍼버벅!

꾸에에에에에에에에엑!

크에에에에에에에에엑!

다른 두 마리 와이번의 처절한 비명.

터져 나갔다.

얼마나 강력한 힘이 담겼는지 유성처럼 달려들어 마법 방어구로 보호되는 몸통을 뚫고 아랫배로 뚫고 나가는 블레스트 스피어.

"으아아아아!"

“적이다!”

마나가 담긴 비명과 적이라는 소리가 동시에 터져 나왔다.

파밧.

그 와중에 핏물과 내장을 줄줄 흘리며 지상으로 추락하는 와이번과 황급히 에어 플레이트에 새겨 있는 플라이 마법을 펼쳐 몸을 날리는 스카이나이트들.

‘이, 이노오오오오오오오오옴!’

어떻게 키운 와이번과 스카이나이트던가.

제국에서 갖은 무시를 당하며 스카이나이트가 되었고, 꿈을 위하여 다른 이들은 아무도 가지 않는 네루만에 둥지를 틀었다.

그리고 회유와 협박을 통하여 스카이나이트들을 규합할 수 있었고, 이제 큰 밑그림이 거의 완성되려는 이 순간.

피와 같고, 뼈와 같은 와이번 두 마리가 전투다운 전투 한 번 벌이지 못하고 폭사하고 말았다.

쿵! 쿠궁!

거대한 덩치답게 지상에 추락한 와이번들은 개박살이 났다.

“적이다! 11시 방향에 적이 출현했다!”

두 마리의 와이번이 죽고 난 뒤에 본능적으로 회피 기동을 한 와이번들은 다시 날아온 네 발의 스피어를 어렵게 피할 수 있었다.

그리고 발견한 적.

하늘에서 강림하여 11시 방향에서 루켄스 자작을 향해 날아오고 있었다.

'브, 블랙 와이번?'

놀랍게도 바즈란 제국을 상징하는 블랙 와이번이 말이다.

'대단해!'

방심한 사이 두 마리의 와이번을 처치할 수 있었다.

그러나 그 이후에 날린 스피어는 아슬아슬하게 회피하는 와이번들을 훑고 지나갔다.

아쉬운 순간.

다섯 마리와 세 마리는 확연히 큰 숫자였다.

'마나를 가득 담아 던지면 그런 위력이 나오는군.'

첫 번째 블레스트 스피어를 날릴 때, 나도 모르게 마나를 가득 담아 던졌다.

그리고 그 위력은 상상불허.

적 와이번을 관통한 블래스트 스피어는 힘이 남아돌았는지 지상에 유성처럼 처박혔다.

'온다!'

짧은 생각을 할 틈도 없었다.

어느새 반격의 기회를 잡은 루켄스 자작의 남은 와이번.

나를 향해 블레스트 스피어를 힘껏 던지고 있었다.

“베베토, 돌격!”

나에게는 블레스트 스피어를 막을 비장의 마법이 존재했다.

그렇게 마법을 믿고 왼손으로 베베토의 고삐를 잡은 채 오른손에는 스피어를 들고 바람을 갈랐다.

‘루켄스, 오늘 네 제삿날이다! 흐흐.’

적 와이번들 중에서 확연히 보이는 루켄스의 와이번.

저번에 지나칠 때 보았던 다른 와이번보다 대갈통이 하나 더 컸던 그놈.

나를 향해 열심히 날아오고 있다.

‘컴 온 베이비!’

사방이 적 와이번이고 블레스트 스피어였지만, 두렵지 않았다.

승리만을 생각하는 이에게 패배나 죽음 따위는 절대 머리에 그려지지 않는 법이었다.

‘미친!’

제정신이 아닌 놈이었다.

어찌하여 기습 공격에 성공했다지만 이제는 완벽하게 전투태세에 돌입한 자신의 스카이나이트.

그런 이들을 향해 놈의 와이번은 미친 듯 날아오고 있었다.

‘뼈를 씹어 먹으리라! 으드득!’

생각도 잠시였다.

와이번 두 마리의 목숨 값이 얼마이던가.

그것도 한창 활동이 왕성한 와이번.

이를 갈며 루켄스는 두 번째 블레스트 스피어를 들었다.

파아앗!

블레스트 스피어의 뒤를 이어 중급 정령사 헤레인의 슈리엘이 바람을 가르며 날아가는 모습이 보였다.

유도에 한계가 있는 스피어와 달리 인간의 의지로 공격을 가할 수 있는 정령.

마법사도 방어구도 없는 놈의 와이번은 죽은 목숨이었다.

단, 눈앞에서 번쩍이는 마법 폭발을 보기 전까지는 말이다.

버언쩍!

콰과과과과과과과광.

"헉……."

놈과의 거리는 500미터.

그 짧은 거리에서 터지는 마법의 발광.

어느새 사라진 블레스트 스피어.

파앗!

"피, 피해!"

두 번째로 터지는 루켄스의 비명.

그리고 다시 덮쳐 오는 놈의 블레스트 스피어.

퍼억!

루켄스의 오른편에 날고 있던 마법사 트레스의 와이번의 머리통에 깊숙이 박혀드는 놈의 스피어.

'악, 악마!'

순간 떠오르는 악마라는 단어.

블레스트 스피어를 날릴 생각도 못하고 루켄스 자작은 온몸을 부르르 떨었다.

'하지만 슈리엘이라면…….'

무슨 생각이었는지 몸통에 마법 방어구를 착용하지 않는 블랙 와이번.

그놈을 향해 날아가는 슈리엘의 빛살 같은 공격.

'됐다!'

슈리엘이 다가가 날카로운 발톱으로 놈의 와이번을 찍어가는 모습이 보였다.

어느새 거리는 300미터.

놈이 정령 공격을 피할 방법은 전혀 없었다.

끼아아아아아아아아아아악!

하지만 그때 들려오는 정령의 처절한 울음소리.

"……."

비명을 토할 정신도 없었다.

사라지고 있었다.

　중급 바람의 정령 슈리엘이 공격을 하다 말고 은빛 정령의 날개를 떨구고 강제 역소환되고 있었다.

　"쿨럭……."

　정령이 강제로 소환되자 쿨럭 피를 토하며 와이번에 머리를 처박아 버리는 정령사 헤레인.

　그 순간 보이는 또 다른 슈리엘 한 마리.

　역소환된 헤레인의 슈리엘보다 딱 두 배 더 큰 덩치를 자랑하고 있었다.

　'까불고 있어, 씨방새가.'

　겁도 없이 최상급 정령과 계약을 맺은 나에게 이빨을 들이밀던 겁대가리 상실 슈리엘.

　내가 소환한 이빨로 물어뜯기 전공인 슈리엘에 목덜미가 물리고 그대로 정령계로 역소환되었다.

　"똘똘아! 가서 물어!"

　끼오오오오오!

　내 명령에 한없는 기쁨을 토하며 날아가는 슈리엘.

　그대로 바람을 갈랐다.

　쿠에에에에에엑—

　터져 나오는 와이번의 끔찍한 비명.

　'아프겠다.'

이제 머리를 제법 쓸 줄 아는 슈리엘은 내 마음을 너무나 잘 알고 있었다.

힘차게 날아가 방어구로 보호되지 않는 와이번을 슈리엘이 목덜미를 있는 힘껏 물고 있었다.

그리고 어느새 100미터까지 다가온 루켄스 와이번 편대.

제대로 나를 향해 날아오는 놈은 이제 두 마리.

씨익.

입가에 지어지는 친절한 미소.

블레스트 스피어가 들린 오른손을 치켜들었다.

그리고 왼손에는 마법을 펼치려 준비하였다.

'루켄스, 이제 안녕~!'

마무리할 시간.

넋을 잃고 있는 루켄스를 향해 힘껏 스피어를 던졌다.

파앗!

그때, 루켄스 옆에 있던 스카이나이트가 스피어를 던지는 모습이 보였다.

'젠장!'

너무나 가까워 나도 방심할 수 없는 순간.

"에어 실드!"

급히 베베토의 전면에 마나를 극한으로 끌어올려 마나 실드를 펼쳤다.

‘헐!’

퍼억!

쾅!

내 시선에서 오른편에 있던 루켄스.

나에게 스피어를 날린 스카이나이트가 그대로 루켄스의 앞을 가로막았다.

실드에 부딪쳐 튕겨 나가는 블레스트 스피어.

내 블레스트 스피어를 옆구리에 맞고 비틀거리는 와이번.

그때, 너무 가까워 나를 스쳐 지나가는 루켄스.

하늘에서 100미터는 지상에서 몇 미터의 거리.

그렇게 루켄스와 나는 서로를 스치고 지나갔다.

투구를 착용하고 있었기에 얼굴은 볼 수 없었다.

하지만 충분히 짐작가는 루켄스의 일그러진 표정.

휘익.

베베토의 고삐를 담겨 급히 동체를 회전시켰다.

‘엥?’

회전과 동시에 루켄스와의 일전을 각오했건만, 내가 회전하는 사이에 지상으로 급강하하며 부리나케 도망가는 루켄스의 와이번.

‘잡아?’

잠시 갈등이 일었다.

‘후후. 오늘 땡 잡은 줄 알아.’

격렬했던 방금 전의 공중전.

튼튼했던 베베토의 숨결이 거칠어짐이 느껴졌다.

그리고 이제 루켄스 따위는 두렵지 않았다.

라이케르를 쫓아갔던 네 마리의 와이번이 있었지만 놈들 또한 걱정되지 않았다.

‘가데인 성을 접수한다.’

공중에서 전투가 벌어지고 있는 사이, 유유히 강을 타고 저 멀리 흘러가 버린 수송선.

놈들은 모르고 있었다.

물은 길이 있을지 몰라도 자신들에게는 그런 여유 따위는 없다는 것을 말이다.

“여, 여기는…….”

“으헉! 가데인 성이잖아!”

“으아아! 죽었다!”

신나게 웃고 떠들던 용병들.

데르발이 한 손으로 말을 몰았기에 무작정 따라왔다.

그리고 환한 달빛에 드러나는 큼지막한 성을 발견하고 모두 숨을 죽였다.

말이 날리는 먼지와 빠른 속도에 지형을 숙지하지 못한 용병들 눈앞에 작은 구릉을 돌자 보이는 가데인 성은 지옥의 성과 같은 느낌.

들떴던 마음은 다들 가라앉아 버렸다.

그런 용병들은 앞장을 서고 있는 외팔이 기사 데르발을 향했다.

이게 무슨 일이냐고.

'주군, 어찌 되었습니까!'

지금쯤이면 공중전이 마무리되었을 것이다.

데르발은 하늘을 바라보며 마른 입술을 깨물었다.

아무리 자신의 주군이 믿을 수 없는 능력을 보인다 하더라도 두 마리의 와이번으로는 열한 마리의 와이번을 상대할 수는 없을 것.

주군을 향한 절대적인 믿음으로 진군해 왔지만 마음 한구석에 드는 불길함은 어쩔 수 없었다.

쿠오오오오오오오오오오오오오오오!

그때, 저 멀리 하늘에서 와이번의 울음소리가 들렸다.

"으아아! 루켄스 자작의 와이번들이다!"

"아, 씨바, 어제 마누라가 식칼을 물고 꿈속에서 나타나더니!"

도망갈 생각도 못하고 얼어붙은 용병들.

아무리 말을 타고 있어도 네루만 같은 평지에서는 달밤에

체조하며 날 잡아가쇼, 하는 꼴이라는 것을 잘 알고 있었다.

"주, 주군······!"

하지만 단 한 사람.

기쁨의 눈물을 주루룩 흘리는 자가 있었다.

잊을래야 잊을 수 없는 주군의 와이번 베베토의 울음소리.

"모두 공격 대형으로!"

데르발의 힘찬 외침이 두려움에 찬 용병들의 귀에 울렸다.

"아놔, 저 오크 광견병에 걸린 인간 봤나."

"돌격? 뒈지려면 혼자 가서 곱게 뒈져!"

용병들의 욕이 데르발의 공격 명령을 묻어버렸다.

쿠오오오오오오오오오!

파락파락, 파라락!

그사이 어느새 머리 위로 가까이 날아온 검은 와이번.

"돌격하라! 제일 먼저 성문을 넘는 자에게 10000골드를 주겠다!"

"헉! 영, 영주님이다!"

"으헉! 영주님이 오셨다!"

"1, 10000골드! 비켜, 모두 비켜!"

익숙한 목소리와 만 골드라는 말에 눈동자가 휙까닥 돌아버린 용병들.

영주라 불리는 카이어 준남작의 와이번과 만 골드라는 소리에 생각이라는 것을 길바닥에 훼딱 던져 버린 용병들.

"으아아! 내가 먼저야!"

"비켜, 이 개새끼들아! 방금 전까지 선두는 내 몫이었어!"

우두두두두두두두.

히이이이잉!

군율이고 뭐고 없었다.

평생 한 번 찾아올까 말까 한 대박의 기회.

어차피 바람처럼 왔다가 바람처럼 살다 갈 용병의 삶.

만 골드면 죽어서도 행복할 돈이었다.

"주군……."

자신이 해결 못한 일을 단숨에 처리한 주군의 한마디.

휘릭 휘릭 휘리릭.

어느새 가데인 성을 향해 날아가는 주군의 뒷모습에 데르발은 뜨거워지는 심장을 느낄 수 있었다.

죽을 정도로 멋있는 주군 카이어.

데르발의 하나뿐인 진정한 주인이었다.

'엥? 저것들은 또 뭐야?

가데인 성은 생각보다 쉽게 무너졌다.

베베토가 커다란 덩치로 성 위를 휙휙 날았건만 깨어 있는 자가 별로 없었다.

사병들 모두 초저녁부터 술을 퍼마셨는지 성벽 위를 밝히는 화톳불 주변에서 술에 취한 채 널브러지거나 졸고 있었다.

그런 가데인 성의 성문을 내가 베베토의 몸에서 내려 살포시 열어주자 올림픽에 출전한 단거리 육상선수처럼 돌진해 온 용병들.

우르르 십여 명이 동시에 성문을 박차고 들어왔으며, 들어서자마자 서로 자신들이 먼저 들어왔다고 주먹질을 하기 시작했다.

그렇게 용병들이 몰려들어 온 가데인 성.

술에 취하지 않은 병사들이 몰려왔지만 곧 용병들의 무식한 모습과 성벽 위에 올라 도도하게 날개를 펄럭이고 있는 베베토를 보고 대가리로 바닥에 박았다.

너무나 쉬운 가데인 성 점령.

데르발은 어느새 나에게 배웠는지 용병들에게 병사 한 명당 1골드를 내걸었고, 용병들은 또 한 번 난리가 났다.

자신들이 보아도 너무나 손쉬운 먹잇감.

두 눈을 부릅뜨고 사방으로 돌진하였다.

그리고 가데인 성은 내 손에 점령이 되었다.

하지만 또 하나 마무리할 곳이 있었다.

바로 제일 중요한 수송단.

베베토를 타고 급히 강 위를 날았다.

마정석을 이용하여 설치한 마나줄.

예상대로 그물에 걸린 고기들처럼 수송단은 보이지 않는 마나줄에 의해 멈추어 있었다.

'제니스…….'

그리고 베베토를 타고 급히 도착한 내 눈에 보이는 존재는 바로 제니스와 그 휘하 스카이나이트들.

아니, 어느새 제니스의 병사들이 수송단에 올라 루켄스의 기사들과 병사들을 무장해제시켜 놓고 나를 기다리고 있었다.

'라이케르, 이게 어떻게 된 거야?'

더욱 놀라운 것은 미끼 노릇을 통해 루켄스의 스카이나이트 네 명을 데리고 사라졌던 라이케르.

히히덕거리며 제니스와 말을 나누고 있었다.

퍼럭퍼럭, 퍼러럭.

베베토를 제니스 곁으로 착륙시켰다.

'만약 허튼 소리하면… 국물도 없을 줄 알아!'

내가 설치한 그물에 걸린 수송단.

자신이 점령했다고 우기면 안면 몰수하고 물어뜯으리라 마음먹었다.

"주군! 루켄스 놈은 어찌 되었습니까?"

베베토가 착륙하자 라이케르가 달려와 루켄스의 안부를(?) 물어왔다.

“튀었어.”

“네?”

“다른 놈들은 다 잡았는데 그놈 한 놈만 도망쳤어.”

“하하! 역시 주군이십니다!”

다른 놈들 같으면 어떻게 그런 말도 안 되는 승리를 얻어냈
느냐 물어왔을 것이건만, 역시 주군이라는 말을 뱉으며 당연
하다는 표정을 짓는 라이케르.

‘상처를 입었군.’

라이케르가 몰았던 와이번의 날개에 주먹만 한 구멍이 뚫
려 있음이 보였다.

블레스트 스피어가 관통한 자리였다.

“그게 정말인가요……?”

‘제니스.’

제니스가 정말이냐고 물었다.

“난 비싼 빵 먹고 헛소리 안 하오.”

언제 들어도 느끼한 하오체.

그러나 때가 때고 위치가 위치인만큼 느끼함을 삼키며 당
당히 입을 열었다.

“마, 말도 안 돼! 어떻게 혼자서 일곱 마리나 되는 와이번을
상대할 수 있단 말입니까!”

제니스의 스카이나이트 베르케스가 질린 표정을 지으며

확인을 해왔다.

"내기하겠소? 내 말이 사실이면 당신 와이번을 주고, 내 말이 거짓이면 저 녀석들을 가지시오."

말과 함께 손가락으로 라이케르와 그가 타고 있던 와이번을 가리켰다.

"주, 주군……."

언제나 버릴 패가 분명한 라이케르가 울상이 되었다.

"설마했는데 믿을 수밖에 없군요."

제니스가 눈빛을 반짝이며 눈동자를 강렬하게 응시했다.

"난 비싼 빵 먹고 거짓말 안 한다니까."

'가끔씩 보리빵 먹을 때는 빼고…….'

"제니스 드 자드란, 이 시간부로 카이어 준남작 휘하의 스카이나이트가 되겠음을 진실과 정의의 신, 시포타인님께 맹세합니다!"

처억!

말과 함께 한쪽 무릎을 꿇고 충성 서약을 하는 제니스.

'헐!'

생각지도 못한 제니스의 돌발 행동에 놀랐다.

그래도 명색이 네루만의 제2인자고, 휘하에 천 단위가 넘는 사병을 거느린 오리지널 귀족 출신.

그것도 스카이나이트들을 보유하고 있는 이가 내 휘하가

되기를 청하고 있었다.

　그런 내가 할 수 있는 최선의 언어.

　"고맙소. 앞으로 잘해봅시다."

　'으악! 이게 웬 떡이야!'

　루켄스를 처리하고 얻은 수익이 천문학적이건만 덤으로 굴러들어 온 호박넝쿨.

　마다하면 그놈은 불국사 다보탑과 동창생일 것이다.

　기사의 맹약은 그렇게 무서운 것이었다.

　"신 베르케스, 카이어님의 충실한 창이 되겠습니다."

　"신 아티스안… 카이어님의 방패가 되겠나이다."

　자신들이 모시는 주군인 제니스가 고개를 숙이자 그 휘하 기사들도 무릎을 꿇고 충성 서약을 하였다.

　그러나 두 사람은 제니스와 달리 울먹이고 있었다.

　하루아침에 주군이 바뀐 현실을 받아들이기에는 마음이 아직 여린 것 같았다.

　"다들 일어나십시오. 이제부터 우리는 한 식구. 네루만의 안녕을 위하여 최선을 다해봅시다."

　"감사합니다, 주군. 목숨을 다 바쳐 충성하겠나이다."

　힘이 가득 담긴 제니스의 한마디.

　'누, 누님, 목숨까지는 필요없습니다요.'

　짧은 머리에 큰 키였지만 그을린 피부 사이로 보이는 제니스의 평범하지 않은 미모.

살짝 부담이 갔다.

"움하하하! 주군, 축하드립니다. 하룻밤 만에 네루만의 두 사자를 잡으셨습니다."

눈치 하나 겁나 없는 라이케르.

'왜 사냐, 인간아. 에휴.'

차라리 방금 전에 장렬히 전사했으면 묘비라도 큼지막하게 세워줬을 라이케르.

퍼억.

"아— 아아아아아악!"

돌아갈 것은 분노의 뒷발길질뿐이었다.

"조심스럽게 수송단에 있는 물건들을 하역해 창공단의 창고에 이동시켜 주시오. 특히 안에 있는 여인들은 부모나 형제를 찾아 돌려보내 주시오."

"명!"

힘차게 대답하는 제니스.

'휴, 정말 폭풍 같군.'

길고 길었던 저녁 시간.

어느새 달이 고개를 숙이며 졸고 있었다.

"용병들 중에 사상자는 없습니다. 다만, 자신들이 포획한 병사들 때문에 주먹질을 해서 이십여 명이 부상을 입었습니다."

'끄응……'

언제나 문젯거리인 용병들.

긴 밤이 지나고 다시 찾아온 아침.

전투의 흥분이 가라앉고 피곤함이 가득 들어찬 창공단.

밤새 수송선에 있는 성수와 진귀한 물건들을 창공단 창고에 이동시켰던 제니스의 사병들은 모두 다 잠이 들었고, 데르발과 제니스, 베르케스, 아티스안, 라이케르와 아침 회의를 열었다.

'으으, 삭신이야.'

이런 날은 오후에 일어나야 하건만 워낙 철두철미한 데르발은 보고서를 들고 나를 깨웠다.

"그럼 지금부터 가데인 성과 수송단에 있는 물건들의 총액을 보고하겠습니다."

'총액?'

돈이라는 말에 귀가 번쩍 열렸다.

"말해보시오."

"네, 주군. 일단 가데인 성에는 금화로 약 52만 3200골드가 있었습니다."

'겨우 52만 골드?'

생각보다 적은 숫자였다.

"그러고 비밀 창고에 있던 물건들과 수송단에 실려 있던 최고급 성수 가격을 제가 임의적으로 뽑은 계산에 의하면 약 450만 골드 정도 될 것으로 예상되는 바입니다."

"헉…… 450만 골드."

"휴우."

베르케스와 아티스안이 놀라 신음을 흘렸다.

아무리 스카이나이트라 하더라도 450만이라는 숫자는 적지 않을 것이었다.

'아깝다. 와이번들만 더 포획했어도……'

놀랍게도 라이케르를 쫓아갔던 루켄스의 스카이나이트들은 제니스와 라이케르의 합공에 모두 전멸을 했다 한다.

그러나 다행스럽게도 똘똘이가 물어뜯어 잡은 와이번이 한 마리, 정령사가 타고 있던 와이번이 또 한 마리, 그리고 마지막에 루켄스를 대신하여 몸빵하여 착륙한 와이번까지 총 세 마리를 획득할 수 있었다.

'흐흐. 제니스의 와이번까지 합치면 이제 열세 마리네.'

"와이번 방어구와 에어 플레이트는 몇 기나 획득했습니까?"

이제 내 밑에서 동등한 기사가 된 제니스가 데르발에게 물었다.

"대부분의 와이번 방어구와 에어 플레이트는 회수할 수 있었습니다. 그러나 온전히 사용이 가능한 와이번 방어구는 두 개가 전부이고, 에어 플레이트는 모두 사용이 가능합니다."

'다들 도망가지 못했군.'

아무리 스카이나이트라 해도 와이번이 없다면 쪽수에 장사 없었다.

'도대체 얼마나 남은 거야?'

하룻밤 노동의 대가치고는 상상할 수도 없는 수입에 입이 찢어지기 일보 직전이었다.

"주군, 포로들은 어찌 처리할 생각이십니까?"

제니스가 주군이라 부르며 포로에 대하여 물어왔다.

"루켄스에게 적극적으로 협조한 자들은 기사와 병사들을 망라하여 모두 노예로 삼을 것이오. 또한, 내 휘하에 들어오기를 원하는 자들은 신분 조사를 하여 받아들이십시오. 야이크스 백작이 인도할 병사들과 함께 정규 영지군을 편성할 것입니다."

"헉! 야, 야이크스 백작의 병사들도 넘겨받는단 말입니까?"

"그렇습니다. 네루만 출신 병사들 2만 명 정도가 될 것입니다."

"……."

되묻던 베르케스가 입을 헉하고 벌리며 다물지 못했다.

"호호. 주군은 정말 대단하신 분이십니다."

제니스가 활짝 웃으며 칭찬을 했다.

"이 정도는 기본이지. 내 주군이 될 정도라면 당연히 이 정도는 해야 하지 않겠습니까? 그렇지 않습니까, 주군?"

‘에휴, 해적들은 뭐 하나 몰라. 저 인간 안 잡아가고.’

언제나 고춧가루 노릇을 하는 라이케르.

마음속으로 다짐하였다.

곧 날 잡아서 조용히 파묻어 버릴 것이라고.

“그럼 대충 회의가 끝난 것 같으니까… 좀 쉬고…….”

땡땡땡!

이제는 좀 쉬고 오후에 보자는 말을 꺼내려는 순간, 급박하게 울리는 창공단의 비상 종소리.

“응?”

“……?”

방 안에 있던 이들의 얼굴이 일순간 굳어졌다.

그리고 울리는 용병들의 울부짖음.

“으아아아아! 하, 항구에 해적들이 쳐들어왔다!”

‘해, 해적들?’

『21세기 대마법사』 6권에 계속…

워메이지

김재한 퓨전 판타지 소설

사람들이 인식하는 상식의 세계 이면,
짙은 어둠이 드리워진 그곳에 사는 괴물들이 있다.

문명이 드리운 그림자 속에서, 전투기계들과
인간의 사념으로부터 태어난 마물들이 격돌한다.
마법과 주술이 난무하는 초현실적인 전장,
소년은 그곳에 서는 대가로 인생을 잃었다.
운명의 노예가 되어 가족과 인성을 잃어버린 소년, 진유현.

총염(銃炎)과 검광(劍光)이 뒤얽히는
어둠의 거리에서, 운명의 족쇄를 끊고 나온
소년의 눈이 살의를 발한다.

유행이 아닌 자유추구 -
WWW.chungeoram.com
Book Publishing CHUNGEORAM

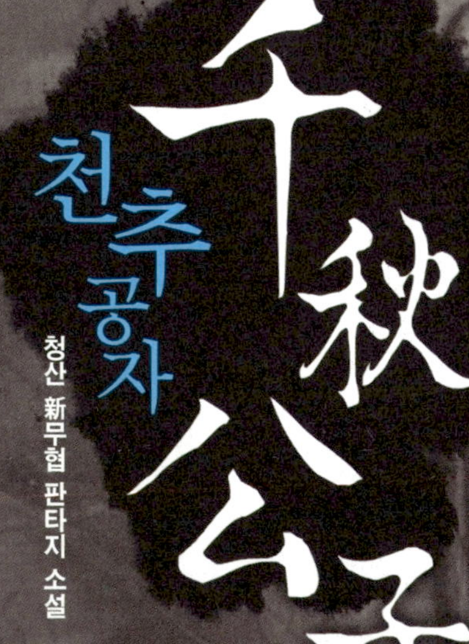

운명을 뛰어넘는 담대한 도전!

황제마저 농락한 숭문세가의 공자 문천추(文千秋).
용문에 이르기 전까지 그는 시문과 서화를 즐기며 대하를 누비는
한 마리 커다란 잉어였다.
그러나 운명은 그를 용문(龍門) 앞에 이끌었다.
용문의 드센 물살을 거슬러 올라 용(龍)이 될 것인가,
아니면 용문점액의 상처를 입고 추락할 것인가.

죽음의 하늘 사중천(死重天)!
오로지 파괴와 살육만을 일삼는 사마악(邪魔惡)의 결집체.
사중천의 어둠은 태양마저 가리며 천하를 뒤덮는다.
마침내 죽음의 하늘과 맞서는 용 울음소리.

천추(千秋)에 빛날 문무제일공자의 호쾌한 행보가 시작되었다.

少林棍王

소림 곤왕

한성수 新무협 판타지 소설

감동의 행진을 멈추지 않는 작가 한성수!

구대문파 시리즈의 두 번째 이야기 『소림곤왕』!!
그 화려한 무림행이 펼쳐진다

"너는 지금부터 날 사부님이라 불러야만 하느니라.
소림사의 파문제자인 나, 보종의 제자가 되어서 앞으로 군소리없이 수발을 들고 모진
고통을 이겨내며 무공 수련을 해야만 한다."

잡극계의 천금공자 엽자건!
소림의 파문제자 보종의 제자가 되다!!

역사와 가상.
실존의 천하제일인과 가상의 천하제일인에 도전하는 주인공!
이제부터 들어갑니다. 부디 마음껏 즐겨주시기 바랍니다.
– 작가 서문 中에서.